田中佑季明の世界

# 風に吹かれて

田中佑季明

平成 19 年　韓国ホテルにて

韓国ホテルで　田中佐知　韓国出版記念　平成19年『砂の記憶』『見つめることは愛』。（佑季明 中央 - 志津 右 - 昭生）

姉 佐知 40代の頃 冬の旅先にて

令和3年1月20日　母誕生日
104歳　湘南台の自宅にて

平成15年　川越・料亭山屋
母の小説2冊全編FM放送朗読
完了記念。娘の田中佐知と。

# 目次

## 第一章　随筆

# 第一章　随筆

# 一　二つの大震災

## 一　阪神・淡路大震災

「あっ、私の家が燃えている」

東京鶯谷駅近くにある三菱の代理店の四〇代と思われる奥さんが、リビングで、テレビをじっと腕組みして、立ちながら見て呟いた。その表情は、どこか冷めた視線で諦めとも思えるものだった。

神戸の街が、黒煙を上げながら燃えている。

私は午後三時頃、営業でこの家を訪問していた。

一九九五年（平成七年）一月一七日午前五時四六分・Ｍ七・三の阪神・淡路大震災が発生した。震源地は、淡路島北部沖の明石海峡で深さ一六㎞。大都市直下型地震としては、戦後初めてである。震度七は神戸市・須磨区・長田区・灘区・兵庫区・三宮・西宮市・芦屋市。

京都で震度六・大阪で震度四を記録した。

三菱マテリアル㈱は、この大震災の被災民に二四時間風呂「湯〜ところ」を仮設設置して無償貸与する方針を決め、その先頭部隊は、一〇〇パーセント子会社の㈱ダイヤテックが担当した。

地震発生から数日後だったか、社員は大阪製錬所の寮に集められた。当初そこを拠点に阪神地区に風呂の仮設設置に向かうことになった。三菱マテリアル㈱の大阪支社に㈱ダイヤテックの営業所が設置された。私も課長としてその任務を担当した。支社には、電話で被災者たちから連日多くの応募が寄せられ、支社の壁には、模造紙が何枚も張られ、たちまち申込者の住所・氏名・電話番号がマジックで記入されてゆく。日ごとに模造紙の枚数が増えてゆく。大震災でライフラインがストップした中での支援は、非常に困難をきたした。道路・鉄道が寸断され、建物・家屋が倒壊した中で、申込者の家に風呂を届け仮設する。大阪からレンタカーを借り、数組で風呂の機材などを積み込み国道が不通でないところまで車で走る。その後、キャスターに機材を積み込み、徒歩で前へ進む。地図があっても役に立たない。家が倒壊していて、道路を塞ぎ地図通りには思うようには進行できないのだ。目的地まで遠回りをして、道なき道を進み目的地に行くしかないのだ。

目的地まで辿り着くと、ホッとする。寒い風呂場に案内され二四時間風呂をセットする。時々、シャワーと一般蛇口と間違えて廻し、シャワーの冷たい洗礼を頭髪に受け、作業服を濡らすことが、度々あった。慌て者の私である。

熱源は電気である。お湯が張られ、浴槽内でのバブル・ジェットの切り替えなど取り扱いを説明する。家庭風呂でのバブル・ジェット使用は、一応に新鮮のようで喜ばれた。電源を入れておけば、二四時間好きな時にいつでも清潔な風呂に入浴できる。浄化剤やヘアーキャッチャーもあり、清潔さが維持されている。快適な入浴生活ができる。

無償で各家庭に、風呂を取り付けたその数だけ、何か月後にまた取り外し作業がある。

近代都市の風景が、震災で一変している。公園には、ブルーシートのテントが幾張りも張られ、被災民たちが、力なく焚火などして暖を取っている。廃材をくべる彼らの表情は、一様に暗く笑顔が消えている。赤く勢いよく燃える炎の中に、明日のわが身を案ずれば、経済的・精神的不安と焦燥感、諦観などが入交り複雑な心境なのであろう。

一般家屋の屋根は、瓦が壊れブルーシートで覆われている。鉄筋の中層ビルも道路に傾斜し、惨めな姿を晒している。商店街の古い木造住宅は、壊滅的な状態である。高速道路も波打って蛇行している。高速道路が途中から一般道路に落ちている。神戸は震災がない都市だという神話は木っ端みじんに崩れ落ちた。

神戸市役所は、途中階層が上層階の重みに耐えられず無残にも押し潰されている。こんなことがあるのであろうか？　巨大地震の恐怖を肌で感じた。

中央区の生田神社の拝殿も、屋根を残して潰れている。神宿る神社でも、一般民衆と同様に平等に被災するものなのだと思った。高層マンションが立ち並ぶポートアイランドは液状化現象を起こしている。臨海地区の埋め立て地は、適切な工法処置を施さないと、液状化に襲われてしまう。長田区は大規模な火災に見舞われ、戦前の焼け野原のようだ。そんな風景の中で、若いチンピラ風な男が、ジャンパーの襟を立て口笛を吹きながら、ひとり肩で風を切って歩いている姿が印象的だった。

戦場のような光景が、神戸をはじめ阪神地域全体に広がっていた。木と紙の家屋とコンクリートと鉄筋の構造物でさえ、巨大な自然の圧倒的なパワーの前には無力であった。

近代都市に襲い掛かる、活断層や震災の一撃で生き地獄を見た。

私は平成七年一月の震災後から、同年一〇月末まで大阪にいてボランティア活動の仕事などに従事していた。大東市のマンションを借り北区淀川の大阪支社まで通勤していた。

阪神・阪急鉄道が不通の時から、復旧後まで震災の傷跡を見つめ続けてきた。芦屋・神戸ポートランド・六甲の別荘地などの高級住宅やマンションに二四時間風呂の仮設工事など行い、住民たちに大変喜ばれ感謝された。

彼らの笑顔に支えられて、作業したこともある。人の役に立つことの素晴らしさも体験させて頂いた。しかし、彼らの豪華な住宅は、多かれ少なかれいろいろとあったであろうが、倒壊もしていない普通の生活をしている超ハイクラスの人達だった。別に貸し出しに条件を付けているわけではないので、問題はないのだが、個人的には一般家庭のより困った人たちに、もっと多く利用してもらいたかった。勿論、一般家庭の人たちからの応募も数多くはあった。

ある時こんな電話が大阪営業所に入った。

「オイッ、いつまで待たせんのや！　神戸の〇〇や。俺はだいぶ前から申し込んでるんやで！早く持ってこいや！」やくざ調の口ぶりで、大声を上げ高圧的な態度だった。よほど待たされていることが腹だったのであろう。確かに予約者で殺到していたことも事実である。電話口で応対に答える私。

「申し訳ございません。応募者が大変多く、また道路事情もございまして、すみません。なるべく早くお持ち致しますので、もう少しお待ちください」

「お兄ちゃん、いつになるんや？　ボケッ！　何してんねん」

「ご住所をもう一度お知らせください」

男は住所を告げ、私は住所を筆記した。

「分かっとったら、早う持ってこんかい！」

「早くお届けしたいのは、勿論なんですけど。いかんせん道路事情が悪くなかなか目的地に行けないのが現状なもので、どうぞご理解をお願い申し上げます」

「俺のだちは、俺より遅う申し込んで、もう使ってるんやぞ。どうなってんや」

「申し訳ございません。それは地域や現場の状況にもよりますので、ご迷惑をおかけして申し訳ございません」

「申し訳ないと思うんやったら、早う持ってこんかい！」

「なるべく早くお届けします」

「それで、いつになるんや」

たたみこんでくる。即答は出来ないので、折り返し返事をしようと思っていると、傍らにいた販売店の五〇代後半の社長が、見かねて、電話を取り
「お電話変わりました。〇〇と申します。お客さん、堪忍してもらえまへんか。わてらもほんまボランティアで一生懸命がんばってますねん。分かってもらえまへんか。なあ、お客さん。なるべく早う持って行かせて頂きます。ただ道が困難あんばいなんで……。堪忍してもらえませんか。テレビの報道で知ってますやろ。お客さんも分かってますやろ? 私の言うことちごってますか?……」

何やら男とのやり取りを繰り返していたが、いつしか笑い声が起こる。

「おおきにお客さん。分かってくれて嬉しいわ。私も努力させてもらいますさかい。よろしゅうお願い申し上げます。」

遠い昔で、会話の記憶も怪しく関西弁も良く分からない私だが、そんなニュアンスの会話を交わしていたようだった。私のような関東人には、関西人のような柔和な会話はできない。関西人は物腰も柔らかく、相手の心に容易に入って行ける。コミュニケーション能力が高い。物

の言い方で、まあーるく収まるものだと痛感した。販売店の老練な社長には、感謝した。社長はにこにこしながら､私の肩を軽く叩いて「課長、大丈夫ですよ」と心強い言葉を残してくれた。

神戸の街は、大型重機やクレーン車が何十台も、壊れたビルの取り壊しにフル稼働している。ビルの周囲にシートを回してはいるが、重機で打ち砕かれたビルからは、白い埃が空に舞い上がり、マスクをして歩行しないと呼吸器に埃が入り息苦しい。作業員が埃防止に放水はしているが、糠に釘とは言わないまでも、その効果はあまりないようだ。

この震災で、死者六、四三四名・行方不明三名・負傷者四三、七九二名。被災総額九兆九二六八億円と言われている。当日一時間以内に死亡した人が、三、八四二名。建物の破壊や家具の転倒などによる圧迫死・窒息死が多い。

前代未聞の被災地で一〇か月過ごした。悲惨な災害に心を痛めた。ストレスも溜まっていた。休日毎に、京都・奈良を日帰りでひとり訪れ、古都の情緒を味わい心が癒された。猿沢の池・清水寺・金閣寺・銀閣寺・知恩院・平等院・二条城・奈良の大仏・春日神社など中学時代の修学旅行を思い出した。年を重ねて訪れる、古都の風情は日本人の心を呼び戻してくれるようだった。

また、甲子園球場を初めて訪れ、ネット裏で高校野球を観戦して、若い球児たちの熱戦を楽しんだ。その頃、大阪では大相撲も興行されていたが、興業場所の前を通りながら、何故か入場しなかったことが今思えば悔やまれる。

夜の遊びとして、北のクラブや南のジャズクラブ・キャバクラなどにも出かけて、息抜きをした。大阪の女性は、東京の女性と違い、気取らなく親しみ易い。私には、関西弁の響きも心地よく聞こえる。日野皓正のジャズライブにも出かけて、眠っていた細胞が踊るほどの刺激とエネルギーを吸収することが出来た。

会社の仲間や代理店の人たちには、大変お世話になった。大震災という途轍もない大きな災害に見舞われ、辛いこともあったが、力をひとつにして、ボランティア活動に従事できたことは、人生に於いて、有意義な経験をさせていただき感謝している。会社関係者や仲間たちも、同様の気持ちで、社会に役立つ仕事をしているという自負と充実感があったであろう。

十一月に人事異動があり、部長付で杜の都にある三菱マテリアル㈱内の仙台営業所に転勤となった。

その後、三菱マテリアル㈱に復社した。

平成二九年一〇月二一日

## 二　東日本大震災

私が生きている時に、こんなことが起きるなんて誰が想像したことだろう。二〇一一年三月一一日金曜日午後二時四六分一八秒、M九の千年に一度の大震災に遭遇してしまった。この震災は、日本観測史上最大のものとなった。震源地は、岩手沖から茨城沖までの広範囲に及び、東西二〇㎞南北五〇〇㎞・一〇万㎢に渡る。この震災での死者一五、八九四名、行方不明者二、五六二名、避難者三二万七〇〇〇名にも及ぶ。

私にとっては、一九九五年一月一七日の阪神・淡路大震災に続いての大震災経験だった。福島県は、阪神・淡路と違い、津波・原発事故・放射能汚染・風評被害と深刻で、複合的に被害が拡大してしまった。

私は、その時母の見舞いに、小名浜港にほど近い古びた三階建て病院の二階の個室に母といた。母が仙骨骨折などで一歩も動けず、入院して一四日目だった。母の寝ているベッドが左右に動くのを抑えるのに必死だった。部屋の片隅に置いてあった灰色のロッカーが転倒しないのが不思議なほど揺れは大きかった。私は窓を開け、ベランダから外の様子を見た。電線が大きく波打って揺れ、病院の前の住宅の塀が崩れ落ちていた。外に出ている住民たちの姿はいない。幸い火事がなかった。この地震は、尋常ではない。日本は、経済は一体どうなってしまうのだろうか？　と直感的に思った。母も恐怖に戦《おのの》いていた。

私は個室のテレビを早速つけた。アナウンサーが繰り返し地震情報を伝えていた。

「東北地方に大きな地震が発生しました。落ち着いて行動してください。海の近くにお住まいの方は、津波に注意してください。海には絶対近づかないでください。高い場所に避難してください。高い所からの物の落下には注意してください。火の始末をしてください。詳しい情報は、分かり次第お知らせします」等の趣旨を冷静な口調で繰り返していた。余震が不気味に襲ってくる。私は自宅がどうなっているのかバイクを走らせて戻った。門の扉が地震で隆起して開きにくい。庭の二つの大きな灯篭の頭部分が落下している。一つは高さは一メートル五〇センチほどある。頭の部分でも高さ五〇センチ・横幅六〇センチある。とても一人の力では元の位置に戻すことは、重くてできない。庭のプランタンの花々も転げ落ち、地震の大きさを知る。部屋に入ると洗面所の壁に取り付けてあった大きな鏡が、一階・二階共落下している。幸いなことに鏡は破損していなかった。二階の応接室は、ドアが開かない。多分、ぎっしり詰まった本箱が移動しているためだろう。二階和室の姉のガラスの本箱も本が飛び出しガラスが割れている。ガラスの破片で、危なくてスリッパをはかないと歩けない状態だ。寝室の机の前も物が散乱している。また貴重な調度品も幾つも破損している。「嗚呼」とため息が漏れる。一階の応接間の大きなサイドボードも斜めに移動している。ワイングラスやブランデーグラスが割れているが、高級洋酒のボトルは無事だった。壁に飾っていた何枚もの絵画や版画なども斜めに傾いている。建物は、壁のクロスに亀裂があるものの無事である。近隣の家の瓦屋根は崩れ落ちている。わが家の屋根はスレートで無事だった。家の被害は想像していた程でもなく、ガス・電気は稼働していた。水道は断水状態だった。高台にあるわが家は、津波の心配もなく、海の近くの住民たちや平地に住む人たちの車で車道は溢れかえっていた。私は家の無事を確認すると、母の待つ病院へ戻り、家の様子を母に報告した。母も安堵した表情を浮かべていた。

地震当日は、母の病室に簡易ベッドを用意してもらい宿泊することにした。夜から深夜にかけて、何度も不気味で大きな余震に見舞われ、身を震わされた。暗闇の中、早く収まって欲しいと祈るばかりであった。

私は自分の部屋で、何年も前から幾度となく福島沖なのか茨城沖かは定かではないが、ドカーンという、地響きを聞いたことがある。この音がいつか大きな地震がくる兆候なのか？と懸念はしていた。まさか、これほど大きな地震が襲ってくるとは夢にも思っていなかった。地震後、携帯電話は回線が一杯で通じない。幸い病院の公衆電話は通じた。母と私の安否の知らせを親戚・友人・知人たちに電話連絡をして無事を知らせた。一様に無事を大変喜んでくれた。港に近い病院なので、津波が近くまで少し押し寄せていた。忍び寄る津波の恐怖を肌で感じた。老朽化した病院のため、その後入院患者は新館の大部屋に移された。三日後、母は仙骨骨折も回復してきたので、退院して自宅へと戻った。だが、介護ベッドがなく、地元業者に早急に取り寄せてもらった。業者も被災しているため、仕事は午前中で終了とのことだった。ギリギリのところでベッドを搬入して頂き大変助かった。普通のベッドはあったが、介護用ベッドがなければ母の寝起きが不自由だ。一般ベッドは業者に引き取って頂いた。帰宅したもののライフラインの水道が不通で使えない。スーパーやコンビニには、ほとんど商品がない。私は母の退院や介護業者との打ち合わせなどで、不覚にも食料・水の入手やガソリンの補充まで手が回らなかった。人はスーパーなどで食料を買い占めていたようだ。福島県には原発事故による放射能汚染を恐れて物流業者が来ない。近代的物流社会が構築されているのに、原発事故という非常事態には対応しきれない現実があった。

地元のＦＭ放送を常時流して情報を入手した。家の中は放射能予防で、エアコンなど使用しないこと。外気を部屋にとり入れない為だ。またシャッターを閉め、カーテンを閉めた。これも放射能からの予防である。目に見えない悪魔との闘いだ。外出時は、マスクに帽子の着用と長靴まではいた。外出から家に戻る時は、衣服を脱ぎ放射能を部屋に入れないようにした。原発事故から一週間ほど経ち、やっと給水車が団地にやってきた。近所の人たちが給水車の前に立ち並び鍋・やかん・ペットボトルやポリ容器をもっている。生活用水や飲料水、食料のストックがほとんどなく困った。ペットボトルが三本と冷蔵庫には少しの肉と魚・納豆・豆腐・梅干し・牛乳・野菜が少々だ。米は新潟の親戚から魚沼産のこしひかりが五キロほど残っている。電気が停電していないので、炊飯器でおにぎりぐらいは作れる。

水が無い。深刻だ。風呂場には水を溜めておく必要性を痛感した。非常用の準備は急務だと思った。非常用リュックには、現金・薬品・軍手・懐中電灯やヘルメット・賞味期限切れのインスタント食品はあるが、食べられない。常日頃から備えあれば憂いなしだ。この言葉を身に染みて感じた。一週間を過ぎたころからだったろうか、宅配業者の営業所まで、届いた荷物を引き取りに行けば、知人たちからの支援物資が届くようになった。持つべきものは友だと思った。正直これで生き延びられると一安心した。

私の住む家は、高台にあり車がないと不便だ。愛車ジャガーは、燃費が悪い。ガソリンスタンドに長蛇の列の車が並び、スタンドではハイオクが一〇リットルしか入れられない。この時ほど、燃費の良い国産車が羨ましかった。東京の友人からは、原発がメルトダウンしていると思うので、東京へ避難するように助言があった。私も東京へ避難する決意でいた。だが、なかなか引っ越しの車が手配できなかった。大学の先輩池上女史が、「東京へ行く前に、いわきの現状を見てからにして」と言われた。私が、将来いわきのことを書く際には、絶対必要だと力説された。私は、被災された現場を見に行くにも、ガソリンがないと告げると、車を用意して頂き、ご夫婦で現場を案内して下さった。感謝している。テレビ・新聞で目にするニュースも凄まじいものがあるが、直接現場でリアルタイムで、惨状を目の当たりにすると、息を飲むほどの光景が目の前に広がっていた。小名浜港には、岸壁に打ち上げられた何隻もの巨大な漁船が、船底の腹を出し横たわっていた。異様な光景である。津波の自然の驚異に唖然とさせられた。また、永崎海岸から江名港・久ノ浜・豊間近辺も津波の爪痕が色濃く残っていた。家が流され、住宅街の痕跡がない。また、住宅に駐車していた車が家の中に突っ込んでいる。コンビニも滅茶滅茶だ。陳列棚には何もない。津波で軽自動車が中に入り込んでいる。自動支払機のＡＴＭが壊されている。震災の混乱の中、こうした輩がいわきの田舎にも出没しているとは嘆かわしい。外国では、あり得ても日本では信じられないと考えていた。日本人の仕業か外国人かは判断できないが、世の中、変わった。身近なところにも悪が忍びよっている。街並みは、普段見慣れた光景が、一変して地獄絵のような惨状だった。道路も寸断されていて、四ツ倉方面に行くのを断念した。池上先輩には、私のために時間と貴重なガソリンまで費やして頂き感謝している。

三月の末にやっと運送会社の車を手配出来た。トラックの狭い運転席に、母と私が並んで座り、荷台には、生活用品の必要最低限の荷物を積み込み、一路知人宅の東京に向かった。いわきがだんだん遠のいてゆく。後ろ髪を引かれるような複雑な心境だった。東京では、母と二人どんな生活が待ち受けているのだろうか？　知人のＡ氏は三〇年来の気心の知れた人である。私たちが被災されていることを知り、我が家を提供するので来ないかというお誘いだった。彼は世田谷の等々力近くの高級マンションの高層階（億ション）に一人で暮らしていた。知人宅の一室を借りて、母と一か月半お世話になった。彼には大変感謝している。その後、都営住宅の公募に当選して、中野区の白鷺に五月から五年余り住むことになった。この震災で、人生の大きな転換を余儀なくされた。公私共々様々な影響を及ぼした五年間であった。

今後、日本で首都直下型の巨大地震が発生したならば、ライフラインがストップして、死者・行方不明者・避難民たちが溢れ、また建造物崩壊・大火災・津波など甚大な被害が予想される。日本経済沈没だ。考えただけで、末恐ろしいことだ。防災訓練だけでは、解決できない深刻な問題が横たわっている。

平成二九年九月

## 三　小名浜港

家の近くに国際貿易港小名浜港がある。

時々、母と散歩がてらに出かけることがある。

秋も浅い昼下がり、小名浜港を散策していると、観光客の二〇代前半の若い二人連れの娘が、アクアマリンふくしま（水族館）近辺の海の景色に「福島ってなんて凄いの。素晴らしいわ。この感動をみんなにどう伝えたらいいの」と声を弾ませて感動していた。確かに素晴らしいロケーションだ。私も何度も心躍らされる経験を過去にしていた。外国に行かずとも、身近な海で外国を感じさせる雰囲気を持っている。その娘はカメラを取り出し、この感動をカメラに収めていた。

私は、ここ何年も陸から海への眺めを見ることが中心で、海上から小名浜港の展望を見ることはなかった。

いわき市の主催で、小名浜港の見学会があるという情報を得て、早速応募した。一〇月末の忘れた頃、当選通知が舞い込んだ。

その日、一〇月二八日の土曜日がやってきた。午後一時三〇分国土交通省小名浜港湾事務所にひとり出かけた。五〇名余りの市民がどんよりとした天候の元、集合していた。六〇代・七〇代の男女が中心のようだ。

平成二九年度伝えたい誇れるいわき醸成事業、地域学「小名浜みなと学」第一回講座が開催された。

人数の関係で二班に分かれ受講した。

講義「小名浜と港の役割」が講師小野浩氏によりひらかれた。彼は以前からの知人であった。まさか彼からレクチャーを受けるとは思っていなかった。

講義は、一時間余りで小名浜港の概要に触れた。一五九〇年石田三成が小名浜に来て「この浜末は大繁昌の地とならん」と言った。

磐城七浜捕鯨絵巻も披露された。（コピー）近代漁業と漁港・商港づくり・国際港の礎・小名浜学事始めなどの資料も公開された。

明治三〇年常磐線が開通した。常磐線からの小名浜経由は実現されなかった。臨海鉄道が、泉駅と小名浜の物資・旅客輸送に従事した。昭和四一年福島臨海鉄道が生まれ、昭和四七年旅客部門が廃止された。旅客部門の廃止は、その後の小名浜発展に大きな障害になっていると思う。

バス輸送の発展は目覚ましいものがあるが、やはり鉄道と目的地が直結していることが、利用者にとっては重要なファクターと言えよう。商港としての港湾事業も大切であるが、鉄道事業の重要性を軽視してはなるまい。足が確保されていないと、人の流れは自ずと滞る。予算の優先順位の選択が、政治判断で誤っていたと思う。私はまず鉄道から進め、次に商港事業がセオリーだと思う。

国土交通省の船着き場まで、国土交通省小名浜港湾事務所からマイクロバスで行き、救命具を付けて乗船した。保険料二〇〇円を支払った。国土交通省の船は、定員四〇名程と思われる。私は台風二二号の影響で鉛色の空の下、冷たい強風に吹かれて船の甲板に出た。一階の狭い船内に比較すると、潮風を受け寒さは厳しいが、解放感もあり港の展望が開けて見えた。

国土交通省の若い職員の案内で、小名浜港の説明を受けた。小型の船舶は、徐々に岸を離れてゆく。見慣れた丘からの風景が、海からの風景に変化してゆく。今日はいつもの大型漁船の姿が、漁港区には見当たらない。桟橋には釣り人達が竿を垂らしている。一号ふ頭には、「ららミュウ」が見える。二号ふ頭には、アクアマリンふくしまのモダンな建物がいぶし銀のように誇らしげに建っている。三号ふ頭からは、人工島に通じる小名浜マリンブリッジ（海面から橋のけたまで二四・五メートル・長さ九二七メートル）が掛けられている。平日は、橋の上をダンプカーなど商業車が走り、人工島の完成を急いでいる。小名浜港は国際貿易港で、石炭や鉄鉱石・木材・石油化学製品・セメント等々の取り扱いを行っている。海の中にはパイプラインがあり、港の貯蔵庫に搬入されるそうだ。大型貨物船は海底が浅く桟橋に停泊できない。人工島には大型貨物船が使用できるように、海底を深く掘っているそうだ。人工島は国内最大の一八メートルの桟橋（岸壁）を作るという。島の桟橋だけ深く掘っても駄目で、船が通過する海底も掘らなければならない。そのための青い浚渫船が海上に停泊していた。海底から掘り出したものは、この人工島の埋め立てに利用している。その他、国内の残土なども使われている。浚渫船は、スエズ運河でも使用された日本の船だそうだ。船名を「駿河」という。人工島はディズニーランドほどの広さで緑地公園も計画されているという。人工島は東工事区と言われている。そのうち名前も公募されるのではないか？　人工島の一部は、平成三〇年代前半の完成の予定。市民も利用できる。完成した時には出かけてみたい。

夜には、橋がライトアップされて美しい。日曜日には、一一月迄限定で歩行者が橋の上を歩行できるそうだ。機会があれば、出かけてみたい。一二月以降は、県で歩行を継続するかどうか検討するそうだ。国でも震災前から予算を付け、小名浜港再開発に力を注いでいる。小名浜港を核として、国内の物流拠点を結ぶ構想があるという。

現在の課題として、貨物船の稼働率を上げたいという問題がある。ふ頭が狭く、順番待ちで、外国船が沖で一週間も停泊していることがある。時間待ちの無駄であり、その改善が迫られている。作業の効率化を良くして、国際貿易港にふさわしい港を目指してもらいたい。三号ふ頭裏側にはセメントのサイロがある。宇部三菱マテリアルセメント・住友セメントなどがある。また日本化成㈱や小名浜製錬㈱の工場もある。小名浜製錬も私が勤務していた三菱マテリアル㈱と関連があり、親しみを覚える。船は四号・五号六号・七号藤原ふ頭・大剣ふ頭・いわきサンマリーナ近辺まで船は進んだ。

湾内の防波堤を出ると、船は急に揺れ始めた。自然海の途轍もなく大きな力を見せつけられたような気がした。堤防の効果を身に染みて体感した。

船は大きく旋回して、元の航路を進み灯りがちらほら点滅する岸へと戻った。

この度の「小名浜みなと学」は、改めて身近な小名浜港の近未来を知るうえで大変参考になった。この企画に感謝したい。

平成二九年一〇月三一日

# 二　茨城散策

## 一　筑波山

筑波山（男体山八七一㍍女体山八七七㍍）は、日本百名山の一つである。常磐自動車道からもその美しい山容が見られる。

私は、かつて兄夫婦とその子供たちを連れマイカーで出かけたことがある。登山口には、三〇〇〇年の歴史がある筑波山神社がある。この神社は、筑波男大神と筑波女大神を祭っているところから、夫婦和合や縁結びの神として知られている。また、筑波山には、パワースポットの紫峰杉もある。筑波山は、東京の高尾山よりも高く、一〇〇〇㍍未満の山で、日帰り登山も出来、北関東では人気が高い。山頂からは、美しい富士山や霞ケ浦・関東平野が一望できる。

筑波山と言えば、デュークエイセスの「筑波山麓合唱団」が思い浮かぶ。ユーモアーな振り付けと蛙の鳴き声が歌声とハモリ、印象的だ。子供から大人まで楽しめる歌である。

また、江戸時代から傷薬の口上としてガマの油売りが有名である。私は高校時代、学校帰りに、上野池之端の広場で「ガマの油売り」の口上を見たことがある。口上が始まると、人だかりが、いつの間にかできる。小気味の良いテンポと話術で観客を惹きつける。薬を売るまでのプロセスが面白いと思った。ストーリーが良くできている。余談だが、私の中で口上といえば、渥美清の「フーテンの寅さん」が一番圧巻である。何度映画を見ても飽きない。寅さんの「啖呵売」口上は暗記ができるぐらいにテンポよくリズミカルで素晴らしい。例えば、「わたくし、生まれも育ちも東京葛飾柴又です。姓は車、名は　寅次郎、人呼んでフーテンの寅と発します」「四角四面は豆腐屋の娘、色は白いが水臭いときた」「結構毛だらけ猫灰だらけ。お尻の周りは糞だらけ」「見上げたもんだよ、屋根屋の褌。たいしたもんだよ、蛙の小便」「四谷赤坂麹町、チヤラチャラ流れるお茶の水。粋な姉ちゃん立ち小便」等々。少し下品さはあるが、大衆はこうした啖呵売を聞き、心が動かされ物が買われてゆく。

紫峰筑波山から横道にだいぶそれてしまったが、道に迷って遭難しない中に下山することにしよう。

## 二　水戸

薄暗い上野駅のプラットホームには、黒い頑丈な蒸気機関車が、どっしりとした重量感と存在感で停車していた。昭和二九年頃か、私が小学校一・二年の夏休みに親父に初めて連れられ、水戸の叔父の家を訪問したことがある。上野駅に停車中の汽車が、汽笛を鳴らしゆっくりと黒煙を吐き出しプラットホームを離れ動き出す。ボックス席には親父の姿がいない。徐々にスピードを上げた蒸気機関車の車窓からは、家々が飛んでいる。私はひとり席に取り残され、行く先の分からぬ身で、これから先どうなるのだろうかと不安が襲い、涙が溢れ泣きだしてしまった。そこへ車両のドアを開けて、弁当箱を二つ抱えてニコニコした親父が席へ戻ってきた。私を置いてどこへ行ったのかと思ったら、発車間際に駅弁を買っていたのだ。ほっと安心した。その時、子供心にも親の有難さを知ったものだった。

その後、中学一年の夏休みには、親父に大洗の海岸に海水浴へ連れて来てもらった。水戸に住む親戚の小学校の従弟と一緒だった。彼は茨城大学の付属の小学校に通っていた。後に上智大学へ進んだ優秀な学生だ。

岩場には、カニや小魚などが隠れていて、都会暮らしの私には新鮮な感覚で磯遊びを充分に楽しむことが出来た。磯の香りと冷たい水しぶきを浴び、夏の一日をみんなで海水浴を楽しんだ。茨城の海には、成人になってから、一五〇〇メートルのロングビーチのある阿字ヶ浦海水浴場や別所釜海水浴場に出かけたことがある。太平洋の雄大な海に抱かれながら海で泳ぐことは快適である。旭村では、家族で甘い旭メロンを食べた夏の日の思い出がある。

水戸は徳川家の城下町である。偕楽園は徳川斉昭により造園され、岡山の後楽園・金沢の兼六園に並ぶ日本三名園の一つである。

偕楽園には梅の季節に家族で訪れたことがある。桜の華やかさと違ったつつましさのある梅林が美しい。

また、姉佐知（保子）と開館当初の水戸芸術館を訪ねたことがある。姉は取材でエッセイを執筆した。一〇〇メートルの螺旋状のタワーがモダンでユニークだ。現代アートを感じる建物だ。複合文化施設として演劇やコンサート・絵画・彫刻などの展覧会が開催され市民を楽しませてくれる。茨城には彫刻家の知人のＯ君がいる。彼は日動画廊で優秀賞を受賞した才能のある男である。妻も彫刻家である。土浦駅前には、彼らの制作した等身大の裸婦のブロンズ像がある。

いずれ彼らも水戸芸術館で作品を発表する機会があるのであろうか。

## 三　笠間

笠間には、長谷川仁が創設した日動美術館がある。一度訪れたことがある。落ち着いた美術館である。世界の巨匠のコレクションが数多く収蔵されている。先の０彫刻家は若いころ銀座の日動画廊で優秀賞を受賞している。私は奥さんをモデルにした彼のブロンズの裸婦立像を入手して部屋に飾っている。とても気に入っている。四〇センチ程の大きさだが、洗練されたブロンズ像だ。

また、笠間は陶磁器の町でもある。笠間焼きが有名である。笠間焼の歴史も古く、江戸時代中期に始まると言われている。信楽焼きで知られる信楽から技術指導を仰いだという。笠間焼に使用される土は、地元の土を使用していたそうだが、近年は笠間の土に捉われず作家の自由な選択で創作されるそうだ。

私は家族でこの地を訪れ、抹茶茶碗・湯呑茶碗・とっくり・おちょこ・花瓶などを買い求めた。いずれも味わい深い作品の数々に満足している。日本酒を口にするにも、笠間で購入したものだと当時を思い出して、美酒に酔いしれる。飲むほどに酔うほどに心地よい。だが、陶器は落とせば自ずと割れてしまう悲しい運命が付きまとう。お気に入りの桐箱に収められた一品の湯呑茶碗を買い求めた。確か六千円以上した記憶がある。私にとっては、高い買い物だった。手にした時の握り具合がとてもフィットする。色合いも金を基調にした中で、飲み口に茶色の濃い波文様が描かれている。器の表面も均等には制作されていなく、四か所ほどヘラで薄く平らに削り落としている。

また、八か所浅いへこみを周辺につけ釉薬を塗っている。表面が複雑な光沢の出る文様に仕上がっている。個性的な湯呑である。湯呑の下の部分に正方形の赤い烙印が押され康とある。多分若い作家の渾身の作品だと思う。湯呑にしては、冒険的で新しい試みにチャレンジをしているように見えた。伝統技法の湯呑の制作とは思えない。作品に若さを感じる。使うほど愛着が湧いてくる一品だ。

そんな湯呑であるが、茶碗を洗っていた時に飲み口の先端をぶつけ一センチ強を欠かせてしまった。大事にしている物ほどアクシデントが起きた時のショックは大きい。それ以来使わずサイドボードの片隅に追いやられたままで忘れられていた。一五年も前の話である。捨てるにはもったいないと思い取っておいたのだ。ある時、サイドボードを整理していると、この茶碗が出てきた。なんとも懐かしい再会である。昔の恋人に会ったような嬉しさだ。だが、傷物となった物は使えない。そうだ、修理してみよう。粘土？　否ボンドで欠けた部分を補強してみることにした。亜麻色のボンドで巧くいった。誰が使うのではない。私自身が使うのだから、納得して使用すればそれでいいのだ。自分に言い聞かせて今晩から使用することにした。敗者復活の日であった。

茨城の名産はやはり納豆である。親父が水戸から帰ってくると、手には藁の納豆を何本もぶら下げていた。熱いご飯に糸を引きながら生卵をかけて食べる。我が家の朝ごはんの定番だ。旅館やホテルでも朝食には海苔と納豆・たまご・魚などが付く。日本人の朝の定番だが、納豆を食べられない日本人もいる。外国人ならばわかるが、不思議な気がする。だが、それぞれ好みがあるので仕方のないことだ。

## 四　霞ケ浦

霞ヶ浦は土浦にあり、日本で二番目に大きな湖である。湖面の面積は、何と県内の三分の一を占めるという。今はないが、戦時中には、霞ケ浦飛行場があり予科練の優秀な若者たちがゼロ戦に乗り特攻隊として大切な命を亡くした悲しい歴史がある。ある夏の日、親子で霞ヶ浦に浮かぶ遊覧船に乗ったことがある。広い湖面を走る遊覧船に心地よい風を受けて船上から平和な景色を楽しんだ。

## 五　鹿島神宮

鹿島神宮には、Jリーグの鹿島アントラーズが出来る前から何度か足を運んだことがある。鹿島神宮は武家とのかかわりも深く、格式がある。雷と剣を祭る武神である。伊勢神宮・鹿島神宮・香取神宮の三つが神宮と呼ばれているそうだ。紀元前六六〇年神武天皇元年に創建された。神宮の大鳥居を潜り、森の参道を歩くと、身が引き締まり神聖な場所に来た実感を味わう。参拝は自分や家族の無病息災や家内安全などを中心にしているが、社会や知人・恩師への感謝の心を忘れてはなるまい。

## 六　潮来十二橋

潮来は水郷の町でもある。五月下旬から六月下旬の一か月はあやめ祭りが開催される。残念ながらこの時期には出かけたことがないが、十二橋巡りには母・姉と出かけた。船に乗っての橋巡りであるが、風情があった。かつて昭和の半ばまで、花嫁衣裳をまとった新婦が、船に乗り嫁入りしていたと言う。そんな風景を思い浮かべて、十二橋巡りを楽しんだ。

歌にも「潮来花嫁さんはどこへ行く」と歌われていた。古き良き時代である。現在は観光用に期間限定で嫁入り船が見られるようだ。日本各地には、ご当地ソングがある。潮来にも古くは橋幸夫の「潮来笠」がある。ご当地ソングは地域の活性化にも繋がり、また歌手にとっても売り上げに貢献してくれるもので双方にメリットがあるようだ。

# 七　袋田の滝

茨城にも大きな滝がある。幅七三メートル落差一二〇メートルの袋田の滝である。四季折々の滝が楽しめる。会社の社員旅行で、また家族旅行で行ったことがある。紅葉の季節は見事な絶景が広がる。

最近は季節限定で滝のライトアップが行われているようだ。幻想的な風景が現れ一見の価値がありそうだ。ライトアップは、日本でも数多くみられ、照明作家もいる。色の魔術師たちが腕を競って世の中を明るく楽しませて欲しい。スカイツリー・東京タワー・東京駅はじめ建物などに色とりどりの照明を当てその効果を発揮する。昼間の景色とは自ずと趣を異にする。

パリのセーヌ川を家族でナイトクルーズで航行した時も、船からライトをオルセー美術館など建造物に当て、周囲の風景を影絵のように浮き彫りに見せていた。

私は初めての外国の地、西ドイツに一か月程滞在していた。四〇年ほど前のことである。西ドイツのマルブルーグでは、中世の街並みそのままを現存している姿に感動を覚えた。街の丘にある城にもライトアップが施され、遠くからでも城の雄姿を見ることが出来た。

月夜の暗闇の中、雪降る冬の季節に城が浮き上がり、歴史を重ねてきた神々しいまでの美的効果があることを知った。こうして文化は連綿と守られ継承されてゆくのかと痛感したものだった。

袋田の滝の近くの大きなホテルに、家族で平日宿泊したことがある。予約なしの宿泊だった。玄関の立て看板には、歓迎○○様と何組か記入されていた。田中の名前はなかった。しかし、宿泊客は我々家族三名だけだった。平日で、たまたま宿泊客がいなかったのだろう。風呂も食事も全館貸し切り状態だった。初めての不思議な経験をした。ホテルではやはり、ちらほらと宿泊客たちが、浴衣など着てロビーを歩いている姿がいて欲しい気がした。

## 八　北茨城

北茨城には、五浦海岸や磯原海岸などの景勝地がある。国道六号沿線にあり帰京時、車では何度も通っている。

日本近代美術の祖と言われる岡倉天心の五浦美術館や六角堂もある。日本美術・古美術などにじっくり触れ鑑賞してみたいと思う。機会があれば是非行きたいスポットである。

また、童謡の「赤い靴」「シャボン玉」「十五夜お月さん」などで知られる茨城県磯原出身の詩人野口雨情の記念館もある。一度詩人の姉と尋ねたことがある。雨情の足跡など知ることが出来る。彼は記念館が建設されるだけの功績を日本童謡界に残した人物である。地元の誇りでもあろう。

常磐自動車道の下り中郷インターには、遊歩道が設けられ、雨情の石碑などが置かれている。ドライバーには、良い休憩場所で身体も心も癒される。

## 九　日立

日立には日本有数の大企業、日立制作所がある。街全体が日立一色のような工業都市だ。

太平洋と山に囲まれた立地に位置している。

日本経済の発展のために今も貢献している企業である。

日立には国民宿舎「鵜の岬」がある。全国の国民宿舎の中で、稼働率が日本一を二十五年以上も連続で維持しているという。凄いことだ。なかなか宿泊の予約が取れないようである。施設の内容・客室サービス・海岸線の景観・国内唯一の海鵜捕獲の現場見学（一～三・七～九月）が出来る。これらすべてが充実している。家族で鵜の岬に出かけたことはあるが、宿泊はしていない。太平洋の荒波の鵜の岬の岩場で母と姉の記念写真を撮影したことが思い出される。そんな姉も亡くなり、今年二〇一七年で一三年の歳月が経ってしまった。歳月は余りにも早く無情にむなしく通り過ぎてゆく。

国民宿舎には、是非一度は、宿泊したい宿である。

動物園は、上野動物園ばかりではない。規模は圧倒的に小さいとはいえ、子供を充分楽しませることはできる動物園がある。かみね公園内にある動物園である。大人になって入園しても子供のころの郷愁が蘇るものだ。キリンはじめそれなりの動物たちがいる。

また公園内には、吉田正音楽記念館がある。設計者は、建築家内井昭藏である。吉田は日立市出身の作曲家で二度の日本レコード大賞（「誰よりも君を愛す」「いつでも夢を」）を受賞している。作曲数は二四〇〇にも及ぶ。国民栄誉賞も受賞している。

いわき市の音楽仲間と同館を六年前に訪問したことがある。一人の作曲家が、世に残した航跡を一同に集めて展示することは、見学者にとっては分かり易く彼を理解する上で役立った。
こうして駆け足で茨城のスポットを紹介してきたが、まだまだ断片的で粗削りさは免れない。でも、こんなんで「よかっぺ」？

平成二九年一一月

## 三　いわき市勿来関文学歴史館

いわき市に戻って、初めての催しを平成二九年一一月六日から一二日までの一週間、いわき市勿来関文学歴史館で開催した。「田中佑季明を取り巻く世界展」と銘打って実施した。館内にある市民ギャラリーは、広く横九・六メートルと四・八メートルが二面。縦三・六メートルが二面と一・八メートルの展示スペースがある。展示物を陳列するには、充分な空間だ。私は、東京への避難から六年後の、いわき市での催しに拘っていた。いわき市に戻っても、現役で活動できると自分に言い聞かせていた。今回の展示品は、書籍を含めて約八〇有余点に及ぶ。搬入は一人で行う予定でいたが、展示数の多さと作品の長尺物もあり、アルバイトの女性を一人三時間雇った。

私は、予めレイアウトはじめ段取り良く準備していた効果もあり、三時間で展示を済ませることが出来た。

展示品は、私の油絵・水彩・写真・コラージュ作品・Tシャツへの写真プリント。母の三つの文学碑写真（佐渡金山・小千谷市船岡公園・いわき大國魂神社）と他の作家の作品群である。私のコレクションの一部と友人・知人の作品も並ぶ。版画では、池田満寿夫、ビュッフェ・アイズ・ピリ・ユトリロ・清塚紀子のコレクションを展示した。また、母の弟、故増川弘の静物画・風景画の油絵を五点展示した。意外と具象のリアリティーさが受けて、足を止める来場者が多かった。また、以前、高校に勤めていた時の同僚国語教師、高丘裕美の書「砂の記憶」（詩田中佐知）の大作も展示した。高丘は、読売新聞社長賞を受賞したことのある実力者だ。平成二九年には、日展にも入選している。また、志茂田景樹の色紙や家族の出版パーティーの時にご臨席頂いた彼との写真なども展示し、来場者の目を引いた。家族の作品は、著書を中心に展示した。三・六メートルの机一杯に並べた。その数は、全集・写真集・絵本等含めて三〇冊に及ぶ。改めて著書への思い出が蘇る。出展書籍の本も販売され後日、注文者へ送付した。

期間中、会場に毎日出かけることは、母の介護などもありできなかったが、多くの方々にご来場いただき有難く思っている。遠くは、東京銀座の「ギャラリーフォルテ」のオーナー澤田みどりさんはじめいわき在住の知人たちも多く駆けつけて頂いた。いわき民報・福島民友・福島民報・FMいわきなどに報道された。会場でお会いできなかった方々も大勢いて申し訳なく思っている。

今回の催しは、準備などで大変であった。一人で企画から展示・搬出まで一貫してやることは、骨が折れた。やはり年齢なのだろうか？　これからは、グループ展などに出品しようと思っている。当面、東京銀座の画廊を視野に数点展示したいと思っている。

平成二九年一二月

## 四　介護

日本は、超高齢化社会を迎えている。平成二九年九月一五日の厚生労働省の調査では、一〇〇歳以上の高齢者は六七、八二四名。何と四七年連続増という。最高齢者は、女性で一一七歳、男性で一一二歳だそうだ。二〇年間で、約八倍の増加となる。

平成二九年度中に一〇〇歳となる人口は、三二、〇九七名。私の母もその中の一人である。昨年三月初旬まで、五年間、中野区に自主避難で在住していた。中野区で新一〇〇歳になった人は、確か七三名と聞いている。その数に驚かされた。母は、国・都・区から一〇〇歳のお祝い状と記念品を頂いた。

現在、いわき市に在住して一年近く経つが、いわきの一〇〇歳以上の高齢者は、一七二名に及ぶ。女性の最高齢は一一〇歳・男性の最高齢は一〇三歳。新一〇〇歳は七一名。内訳は、女性五六名・男性一五名。いずれも女性の長寿は揺るぎない。長寿の背景にあるものは、医療の進歩や健康管理志向などが起因しているのだろう。だが、一方高齢者で寝たきりの老人は、二〇一〇年一七〇万人、二〇二五年には二三〇万人と予想されている。

高齢化や核家族が進む中、介護問題は社会的にも深刻な問題として浮上している。

私の母親への介護は、二〇一一年三月一一日の東日本大震災時からはじまる。海に近い小名浜の病院へ仙骨骨折・骨粗鬆症・脊椎管狭窄症などで一週間弱入院。一歩も動けない状態から、二・三日後に津波の影響を考えて高台のわが家に戻ることにした。そこから介護生活が始まった。以前、佐渡旅行中に足の大腿骨を骨折して一か月佐渡の病院に入院していたことがある。その後、自主避難で東京の世田谷の知人宅に一か月半を経て、中野区の都営住宅へ五年ほどお世話になった。介護度は要介護四であった。家での歩行は、手すりやポールを使用。外出時は、車椅子生活が続いて今日に至る。現在は要介護五である。審査基準が厳しくなってきているようだ。

母への介護は、買い物・料理・洗濯・入浴・薬や健康管理・トイレ・清掃などが主なものである。

当初、料理・入浴・清掃はヘルパーに依頼していたが、料理はその時の献立や会計など煩わしいこともあり、近くにスーパーがあったので、自分で買い物をして料理を作った。単身生活が長かった為、味の良し悪しは別として、自分で料理を作ることには、抵抗はなかった。そうは言うものの、毎日の三度の食事は、大変であった。そこで、宅配弁当を依頼したことがあったが、悲しいかな、飽きてしまう。また旅行などで留守にする時には、事前に断りの連絡をしなくてはいけない煩わしさもあり、二か月ほどで断った。入浴のヘルパーは、着替えを含めて二〇分程度。母は風呂にはゆっくり入浴したいと言う。着替え室にヘルパーを待たせておくことも気になる。そんな理由でいつの日からか、私が着替えを含めて、風呂タイムは四〇分ほど入れることにした。清掃のヘルパーも限られた場所を清掃するだけなので、そんなことならば、私がやってしまおうということで、段々と私の仕事量が増えてゆくことになった。若い時は、それでも仕事量をこなせたが、流石に老々介護ともなると、体に堪えることがある。母の体重が三三キロほどあり、米俵一俵より重い。手引きで歩行の介護をするときに、右手が軽い腱鞘炎を起こす時がある。シップ薬とサポーターで対処している。私が介護の中で一番苦手なのは、清掃・整理整頓だ。母親は清潔好きで、少しでも散らかっていると、気になり指摘する。母の身体が不自由でないと、自ら率先して身体を動かし片付ける親だが、今はそれが出来ない。苛立たしさを覚えるのだろう。時々整理整頓のことで口論になる。私も母親の子供だから、やる時は徹底してやるのだが、しばらくすると元の木阿弥になってしまう。私も家の仕事だけをしていれば、それなりの綺麗さを維持できるのだが、今迄、姉・母の全集や私の著書など一五冊近くを刊行してきた。全集では年譜の作成から、校正・編纂まで関わってきた。出版社との交渉や個展・朗読会の開催など多岐にわたって多忙だった。

また、母と同様に日本文藝家協会に林真理子副理事長と作家岳真也氏の推薦で入会。また日本ペンクラブには理事中村敦夫氏とエッセイスト山本源一氏の推薦により入会し、文筆活動を本格化させるようになった。

こうした背景の中、母の介護を続けていた。だが、母は九〇代後半までは、程度の差こそあれ、自分のことは極力自分で行っていた。

しかし、私が東京からいわきに出かけていた時に、母は都営住宅二階のベランダで、プランタンの花の蜜を吸いに来た蜂をよけるために、身体のバランスを崩して転倒。足の大腿骨を骨折。救急車で病院に運ばれ入院生活を三か月余儀なくされた。私は雨の日も風の日も毎日自転車で二〇分の距離を中野から杉並のリハビリセンターへ見舞いに行った。こういうことが出来るのも、会社を定年退職しているがために出来ることだ。ある意味幸せなことである。私が三菱マテリアル㈱の仙台支店に勤務していたころ、他の課の部長が親の介護のため、会社を途中退職されたことを思い出した。

東京在住の五年間は、車椅子生活ではあったが、小林研一郎のコンサートや堤剛のチェロコンサートにサントリーホールまで出かけた。また、東大の森山至貴先生によって姉の詩から「愛」と「鼓動」が作曲され、津田塾大ホールと三鷹市芸術文化センターのコンサートに出かけた。新宿の末広亭にも昼の寄席に二度ほど車椅子で出掛け、落語を楽しんだこともある。また、母の故郷小千谷に建立されている「生誕の碑」を愛車ジャガーに乗り訪問した。翌日、小千谷からの帰途、水上温泉で一泊して温泉気分を味わった。温泉と言えば、湯河原温泉へJRで出かけたことも思い出深い。箱根は、新宿在住時代から数十回以上出かけていたが、湯河原温泉は、母との初めての訪問で新鮮だった。

夏の夕陽の落ちる頃、中野区や杉並区の居酒屋やレストランにも幾度となく車椅子を押しながら出かけた。居酒屋から流れるジャズの音楽にスウイングしながら、刺身の盛り合わせや焼き鳥、寿司などをつまみ、ビールや日本酒を頂く。飲むほどに酔うほどに、小市民的幸せを味わった。母は飲める方ではないが、それでも居酒屋の雰囲気を充分楽しんでいた。行きつけの店もあり、マスターとの会話も楽しんでいる。

だが、そうした日常生活の中でも、年に数回救急車を呼び、病院にお世話になることがある。幸い大事に至らず退院してくるので、安心する。

昨年、いわきに戻ってからも、何度となく病院のお世話になった。私が買い物に出かけていた留守中、台所で転倒して、足のくるぶしを剥離骨折した。一か月程で治った。また帯状疱疹にかかり一〇日程入院。また喉に食物が詰まり、内視鏡などで対応して頂き一〇日ほどで退院できた。このように年齢を重ねてくると、身体が心配である。月に一度ドクターの定期診断と週に一度看護師訪問、リハビリでケアーしている。

母は夜中に一度トイレに行く習慣がある。睡眠薬を服用しているため、一人でトイレを使用することは、ふらつきの心配があり私が、母の気配を察して起きて処置している。以前は二階の私の寝室と一階の母の寝室をイヤホンでつないで、緊急時対応していたが、現在は、母のベッドの横に布団を敷いて寝ている。部屋のポータブルトイレの使用を嫌がる母だが、夜中はポータブルにしている。消臭剤もあり、また即使用後の処置を水洗トイレで対応するので問題はない。

私の上京時は、ショートステイを利用して助かっている。一泊二日だ。朝九時に施設まで送りに行き、翌日の午後一時に迎えに行く。母は余り施設の利用を好まないので、自ずと、東京へ出かける機会を極力抑えている。まだ母が元気な時には、私の退職後、一人でフィリピン・グアム・中欧・チェコ・ハンガリー・ポーランド・オーストリア・ロンドンに出かけ一人旅を楽しむことが出来た。やはり人生可能な時に、出来ることは実行しておくことがべストのようだ。歌の文句ではないが、「金のないときゃ暇がある。暇がないときゃ金がある」どこか言い当てたところがあり、苦笑いするしかない。最近は世界各地でテロが発生している。誰もがいつ巻き込まれるか分からないリスクを考えると諦めるしか無かろう。

今年一〇一歳を迎える母だが、物忘れは、近年顕著さが多く見られるようになった。「今この時」の判断・分析力は、目を見張るものがあり、敬服に値する。まさに現役力を発揮している。昨年も二冊、私との共著を発刊した。限りなき創造力は衰えていない。メモ書きの多用や、私への確認作業（細かな数字・調査事項等）が功を奏していると言えようか。一部口述筆記も試みた。

だが、体力の衰えは年々歳々静かに忍び寄ってくる。本人は若いつもりでいるが、実年齢には敵わない。人からも見た目は、年齢よりも遥かに若いと言われるが、体調を崩すと気も弱くなり、弱音を吐くことが多くなった。そんな時は、傍にいる私が、親のサポートをする。今後予定されている朗報の数々を伝えると笑顔を取り戻すことが出来る。言葉とは大切な生き物である。人生幾つになっても、夢と希望は持ち続けることが大切である。

私は改めて親が健在であり、家で一緒に生活できる幸せを身に染みて感じている。

母はいつも私が行動する度に、「ありがとう」「感謝しているよ」「幸せだよ」という言葉を忘れたことはない。

平成三〇年一月

## 五　いわきサンシャインマラソン

天候に恵まれた二月一一日（祝日）の建国記念日に「第九回いわきサンシャインマラソン」が開催された。

以前からこの大会は知っていたが、今迄参加したことや見学に行ったこともなかった。今回は、天気も良く爽やかな春めいた陽気でもあり、自宅から自転車で見学に出かけることにした。

スタート地点は、いわき陸上競技場を午前九時にスタートする。フルマラソン四二・一九五キロの他に一〇キロ・五キロ・二キロのコースがある。ゲストには、ラグビー日本代表大野均、元巨人軍で盗塁成功率一位の鈴木尚広、富士通の柏原竜二、女性では元東京マラソン優勝者那須川瑞穂、タレントの西谷綾子が顔を揃える。

コースの各地点では、選手を応援する姿が繰り広げられているという。例えば、小学生の吹奏楽演奏・港町らしく大漁旗や、よさこい踊りも披露される。また、南国ムードを演出するサンバダンス・ボーイスカウトの手旗信号・チアガールの登場と盛り沢山の応援が見られる。選手たちへの大きな力となるであろう。企業・行政・市民が一体となって、大会を手造りで成功させようという意気込みが感じられる。

私はフルマラソンなら、早くて二時間三〇分前後にゴールをするであろうと予測して、ゴール近くのアクアマリンに一一時三〇分ごろ出かけた。既に各コースのランナーたちが色とりどりのランナー服姿で走っていた。纏まった集団は壮観だった。沿道には、市民たちが熱い声援を送っていた。今回は全国四二都道府県から過去最多の一万一、一二一人が登録しているそうだ。マラソン人口も多くなり、会場は活気に満ちている。

福島の復興に寄与するイベントでもあり、この大会は、全国区として定着しているのだろう。私は魚市場近くの駐輪場に自転車を置き、しばらく徒歩で、他のエリアで見学することにした。テントの中で、フラダンスを踊って応援しているグループもいる。南国ムードを盛り上げている。小名浜港からの潮風が、爽やかにランナーの髪をなびかせ通り過ぎてゆく。

波は穏やかで気持ちが良い。港には白い大きな船が何隻も停泊している。マラソンコースも工夫され、ロケーションがとても良い。沿道には多くの市民たちや企業の応援団・ボランティア団体などで溢れ、それぞれの想いでランナーに声援を繰り広げていた。会場を歩いていると「あら、田中さん」と以前勤務していた会社の知人たちに会った。お孫さんを連れての応援だった。思いがけない再会だった。ファミリーでの観戦もアットホームで良いものだ。

　ランナーたちは、一〇代から六〇代後半ぐらいまでかと思われる老若男女の一群たちだ。白・青・黄色・緑など色とりどりの服装で走っている。キャップにサングラスを掛け、颯爽と走っている姿は美しい。中には、柔道着に黒帯を締めて走っている若者や、黒いスーツ姿で走っている若者が、応援者にハイタッチしながら「いわき代行です」と自分の会社の宣伝をしている風景もあった。外人のランナーも時々見かける。友人や会社の同僚が走っている姿を見つけた観客は、声を掛け頑張れ！　と一段と大きな声をあげている。ランナーも手を振り応援に応えている。苦しい表情で汗をかきかき走る者、余裕の表情の人、頭にキャラクターの被り物を付けて走行しながら、みんなの注目を浴びる選手。それぞれの選手が、個性を出しながら、自分の目的に合わせた走り方をしている。選手にとっては、応援もきっと大きな力となるのであろう。

　私は二〇代の頃だったか、山手線一周を歩いたことがある。確か四二キロ前後あったと思う。完歩した。だが、今フルマラソンは、どんなに頑張っても走れないだろう。残念だが、MAX三キロが限度だろう。一〇代の頃は、代々木の空手道場で冬の朝稽古に参加した。集団で国立競技場周辺を空手着で裸足で走り、けろっとしていたものだった。若さなのだろう。今は寄る年の恐ろしさを痛感する。

　今大会の出場者は、過去最多の九、四五六人。フルマラソン優勝者は、V二達成の石巻市役所大橋真弥（二四歳）二時間二四分一五秒。女子は、東京の吉田香織（三六歳）二時間四〇分五四秒。出場者全員に熱いエールを送りたい。スポーツの祭典が終わった。

　今、韓国では、二月九日より二五日まで「第二三回冬季平昌《ピョンチャン》五輪」が開催されている。こちらは、冬季オリンピックでは史上最多九二か国・二、九〇〇人の参加者だ。北朝鮮の参加やロシアのドーピング問題などで揺れているスポーツの祭典であるが、いわきサンシャインマラソンのように、爽やかな祭典であって欲しい。　敬称略
平成三〇年二月一二日

## 六　私的戦後昭和歌謡史（女性編）

私の思い出に残る歌は、数多くある。すべてを語ることは、勿論、紙面の都合上出来ることではない。

ここでは、独断と偏見で、女性編として、私の好きな歌手たちのことを、掻い摘んで述懐してみることにしたい。

やはり、筆頭歌手は「歌謡界の女王」美空ひばりである。昭和一二年五月二九日横浜生まれの「天才少女」だ。「ひばりの佐渡情話」はじめレコーディング曲は、一五〇〇曲にも及ぶ。日本レコード大賞も何度も受賞している。ＮＨＫの紅白にも一八回出場している。紅組のトリは連続一〇回務める。

没後、平成元年七月六日、女性初めての国民栄誉賞を受賞した。

ひばりには、光と影の部分が色濃く付きまとう。光の部分は言うまでもなく、昭和の大スターである。歌手としての、栄光の揺るぎない不動の地位を築いた。一方、陰の部分は、以前暴力団山口組田岡組長との深い関係や、弟和也が反社会的事件を起こしたことである。暴力団との関係から、社会からも非難され、紅白を辞退した経緯がある。悲劇の女王とも言えよう。また、好きだった小林旭との結婚も、一卵性親子と言われた母親、加藤喜美枝の反対で、籍も入れずに離婚した。母親曰く「人生で一番不幸だったのは、娘が小林と結婚したこと。一番幸せだったのは小林と離婚したこと」と語っている。小林旭も母親に一刀両断に切り捨てられ、憤慨したことであろう。

私は、若い頃美空ひばりの公演を一度だけ、新宿のコマ劇場で見たことがある。後方の席だったので、顔の表情は、はっきりと見えなかったが、大スターの風格は充分あった。公演後、劇場裏口には、多くのファンたちが、ひばりの姿を一目見ようと待っていた。出入り口のドアが開き、ひばりが出てきた。顔の大部分が、大きな白いマスクで隠されていた。以前、顔に硫酸をかけられた苦い経験からの防衛策なのだろう。劇場裏口には、確か白い大きなアメ車のキャデラックが、駐車されていた。ひばりは、急いで車に乗り込み、歌舞伎町を後にした。ひばりの風が吹いて流れて行った。

美空ひばりの歌で一番好きな歌は「みだれ髪」作詞星野哲郎・作曲船村徹である。いわき在住の私は、よく塩屋岬のひばりの碑へは母と散歩がてらに車で出かける。塩屋岬は、灯台と大海原が広がる大変ロケーションの良い場所である。この歌は「髪のみだれに手をやれば赤い蹴出しが（中略）春は二重に巻いた帯三重に巻いても余る秋（中略）暗や涯てなや塩屋の岬（中略）一人ぽっちにしないでおくれ」哀愁のある情感たっぷりの歌である。

昭和六三年、東京ドームの「不死鳥コンサート」も壮絶だった。テレビでしか見たことはなかったが、ひばりは、歌うことも立つこともできない状態だったようだ。楽屋には簡易ベッドを置き、医者が寄り添い病院のようであったという。外には、救急車を待機させ、コンサート終了後には、救急車で病院に運ばれたと聞く。人間はどうして、究極的な状況に追い込まれても、最後の底力で、頑張ることが出来るのだろうか？　生と死の狭間で、真剣勝負をしている。舞台では、観客を前に壮絶な自己との戦いを繰り広げる。その時は、神の慈悲であろうか、人の生きる力が勝った。だが、勝利の微笑みは、哀しいかな、いつまでも続くものではなかった。ひばりは、昭和六四年三月二七日特発性間質性肺炎により、五二歳という若さで惜しまれて旅立った。

「ブルースの女王」淡谷のり子。「別れのブルース」は昭和一二年の戦前の作品ではあるが、戦後、彼女の透き通るような細い声を聴いて魅せられた。身長一五〇センチ（四尺四寸）の小さな身体から「窓を開ければ　港が見える　メリケン波止場の　灯がみえる……」作詞藤浦洸・作曲服部良一。情景がはっきりと浮かぶ。この歌は、戦後森進一に引き継がれた名曲である。

島倉千代子は、阪神タイガースの選手と結婚して、間もなく離婚。その後、知人に騙されて莫大な借金地獄を背負わされた。返済は何年もかかり完済したが、平成二九年乳がんにより七五歳で死亡。着物姿の晴れやかな笑顔のステージで歌う姿からは、とても想像ができない壮絶な過去があったのだ。隠された波乱万丈の人生だった。「人生いろいろ」は、作詞浜口庫之助・作曲服部良一の作品。「人生いろいろ男もいろいろ　女だっていろいろ……」まさに人生そのものを映し出した歌だ。

高橋真梨子六九歳は、「ジョニーからの手紙」はじめ数多くのヒット曲を世に送り出している。私は若いころの真梨子より、円熟味を増した五・六〇代の彼女が好きだ。

平成二八年九月真梨子は、ＮＹカーネギーホールで、芸能生活五〇周年公演を開催した。カーネギーホールは三度目の利用で、日本人として初めての快挙である。

「桃色吐息」は、作詞康珍化・作曲佐藤隆。

「咲かせて　咲かせて　桃色吐息　あなたに　抱かれて　こぼれる華になる　酒の色に染まる　ギリシャのワイン　抱かれるたび　素肌　夕焼けになる」

真梨子は、淡々と歌い上げ、大人の色香を感じさせる歌手である。

「はがゆい唇」作詞阿木燿子・作曲羽田一郎。「他人なら優しく出来ても　恋はエゴイスト（中略）歯痒ゆいのよ　その唇　キスする場所　間違えてる……」女流作詞家阿木燿子の詩である。真梨子は、そんな詩をいやらしさを感じさせず、さりげなく見事に歌い上げている。それは真梨子の清潔感溢れる人間性の許容さから来るものだろうか。彼女は「死ぬまで現役で歌い、ステージで死にたい」と言っている。プロ根性のある歌い手だ。それだけ仕事に惚れ込んでいる真梨子が、とても羨ましいと思うのは、多分私一人だけではないであろう。美しく老いて歌い続ける真梨子のステージを見続けたいものである。

研ナオコは、昭和二八年生まれの六五歳。決して美形ではないが、研ナオコの世界を、歌で酔いしれるほどに聴かせる貴重な歌手である。おんなの片思いの恋心、影のある女を、切なく語るように歌う研ナオコは心に響く。説得力ある歌唱にも納得する。彼女の歌には、中島みゆきの「かもめはかもめ」で日本レコード大賞。「夏をあきらめて」は桑田佳祐の作詞作曲。

「愚図」は作詞阿木燿子・作曲宇崎竜童などがある。どの歌も好きだが、私はあえて一曲を選ぶとすれば「あばよ」中島みゆき作詞作曲が、気に入っている。研ナオコにぴったりな曲のような気がする。「何もあの人だけが　世界中でいちばん　やさしい人だと　かぎるわけじゃあるまいし……（中略）明日も今日も留守なんて　見えすく手口使われるほど　嫌われたらしょうがない　笑ってあばよと　気取ってみせる　泣かないで泣かないで　あの人はあの人は　お前に似合わない」何とも切なくて、やるせない恋心であろうか。思わず、彼女を応援したくなってしまう気持ちにさせる。

ちあきなおみは、昭和二二年生まれで私と同学年だ。蛇足だが、ちあきは、大久保中学校（現・新宿中学校。大久保中学校と東戸山中学校が併合）に三年の時に転校してきたそうだ。私が通った天神小学校の前に、大久保中学校があり、小学校の同級生たちの多くが通学していた。私は東戸山中学校へ通っていた。

ちあきの代表作は、日本レコード大賞の「喝采」である。作詞吉田旺・作曲中村泰士。「いつものように幕が開き　届いた報らせは　黒いふちどりがありました　あれは三年前……（中略）喪服のわたしは　祈る言葉さえ　失くしてた」

歌手は三分間のドラマを演じると言う。

ちあきは、夫の郷鍈治（宍戸錠の弟）が、五五歳で亡くなったことを最後に、歌手活動を停止して現在に至っている。夫への想いは、他人には計り知れぬものが在るのだろう。存在感のある歌手だった。

石川さゆりには「津軽海峡・冬景色」作詞阿久悠・作曲三木たかしなど多数のヒット曲がある。だが、私は「天城越え」作詞吉岡治・作曲弦哲也の作品が気に入っている。

「隠しきれない移り香が　いつしかあなたにしみついた　誰かに盗られるくらいなら　あなたを殺してもいいですか……（中略）……あなたと越えたい天城越え」

女は怖い。殺されるぐらい愛される男がいるのだろうか？　女の情念が、めらめらと燃え立ち上がってくる。

坂本冬美は、昭和四二年生まれの五一歳。（二〇一八年現在）

昭和六二年「あばれ太鼓」でデビュー。その後、「また君に恋している」作詞森正明・中村あゆみ作曲、若草恵・鎌田ジョージは、今迄の坂本と違った楽曲で新しい一面を見せてくれる。また「夜桜お七」は、作詞林あまり・作曲三木たかし。「赤い鼻緒がぷつりと切れた（中略）さくらさくら　いつまで待っても来ぬひとと　死んだひととはおなじこと（中略）さくらさくらはな吹雪……」

細い身体で、日本の歌謡曲を引っ張ってゆく存在だ。独身だそうだが、頑張ってもらいたい。

梓みちよは、「こんにちは赤ちゃん」からイメージを一変して、大人の女を歌い上げた。「二人でお酒を」作詞山上路夫作曲・平尾昌晃。「うらみっこなしで別れましょうね　さらりと水にすべて流して　心配しないで　ひとりっきりは……（中略）二人でお酒を飲みましょうね飲みましょうね」

胡坐をかき、グラスを持って歌う梓の姿が、目に浮かぶ。宝塚出身の実力派だ。洒落た大人の雰囲気のある女の歌である。こんな女と、二人でグラスを重ねてお酒を飲んでみたい。

藤圭子は、昭和四四年「新宿の女」作詞・作曲石坂まさをの曲でデビューする。「私が男に　なれたなら　私は女を　捨てないわ　ネオン暮らしの　蝶々には（中略）夜が冷たい新宿の女」

私は、子供のころより新宿という街にどっぷり浸かって生きてきた。この歌を歌っている藤圭子に衝撃を受けた。黒いベルベットのパンタロンに白いギターを抱え、博多人形のような一八歳の美少女が、顔からは想像できないハスキーボイスで、腹の底から絞り出して歌い上げる、ど「怨歌」に驚きを隠せなかった。この子のバックグラウンドが気になった。

岩手県一の関生まれ。北海道旭川育ち。両親は旅芸人で、父親は浪曲師、母親はごぜ（目の不自由な）の三味線弾き。貧困生活の中、両親に連れられ旅回りをしていたという。その後、上京してデビューする。

昭和四五年「夢は夜開く」を発売する。作詞石坂まさを・作曲曽根幸明「赤く咲くのはけしの花（中略）どう咲きゃいいのさ　この私　夢は夜開く」当時、日本は高度経済成長時代、七〇年安保・大学闘争などで、全共闘など学生運動が盛んな時代であった。学生運動で挫折した若者たちが、この歌をこよなく愛していた。私は昭和四五年大学を卒業した。

「新宿の女」は、新宿区の西向き天神、「夢は夜開く」は、新宿花園神社にそれぞれ歌碑が建立されている。石坂が新宿区に在住していた関係で、関係者は碑の建立に尽力したと聞く。

藤圭子の愛娘は、宇多田ヒカル。親子で歌手として莫大な印税を手にした。親子の確執は在ったようだが、藤圭子は平成二五年八月新宿区のタワーマンションから飛び降り自殺した。享年六二歳。圭子は、あの貧困から脱出して、巨万の富を得た。だが、彼女の来し方は、ギャンブルなどに多額な資金を注ぎ込んでいた時期がある。貧困時代の事を原点に考えた時、お金の価値をどう考えていたのだろうか？　ギャンブル資金を慈善団体にでも寄付すれば、どれだけ多くの命が救えたであろう。悔やまれる。余談だが、大リーグへ入団した選手たちにも、同様のことが言えると思う。彼らに望むことは、自分の努力で掴んだ対価としての契約金は、評価し尊敬もするが、余剰資金は、少しでも世の中に還元して、人助けをしてもらいたいものだ。人間の欲望は、果てしなく大きいものなのだろう。持たざる者のひがみであろうか。

内藤やすこ「弟よ」も良いが、「想いでぼろぼろ」作詞阿木燿子・作曲宇崎竜童が良い。

「ドアを細目に開けながら　夜更けにアイツが　帰ってくる（中略）聞いておきたいことがあるだけど　幸福ぼろぼろ　こぼれるから　寝がえり打って夢ん中」内藤やす子の独特の世界が滲んでいる。内藤は高校時代からいろいろ問題があったようだが、芸能界に入ってから、大麻で逮捕されたことがある。今日でも芸能人・スポーツ選手などには、暴力団などからの魔の手が忍び寄り、多くの逮捕者を出し続けている。夢を追って、芸能界を目指す若者たちのためにも、芸能界を安心・安全で健全な組織にしてもらいたい。

内藤は、昭和二五年生まれの六八歳。以前、病に倒れ、夫（年の離れた外国人）の献身的介護で、復帰することができた。

ひとりの人間が生きてきた道のりは、人それぞれ十人十色であるが、良しに付け悪しきに付け、その生きざまに深い感慨がある。

山口百恵の歌では、「いい日旅立ち」作詞作曲・谷村新司が良い。「雪解け間近の　北の空に向かい　過ぎ去りし日々の夢を　叫ぶ時（中略）ああ、日本のどこかに私を待っている人がいる　いい日旅立ち　夕焼けをさがしに」

確かに「待っている人」がいるであろう。

その人のためにも、今日を生きているような気がする。

山口百恵は、昭和三四年生まれの五九歳。

一四歳から二一歳までの七年間、芸能活動をした。昭和五五年武道館での「山口百恵・ファイナルコンサート」を最後に引退した。この年に俳優の三浦友和と結婚した。その後一切芸能活動を再開していない。潔い良い決断だ。引退理由は、出生の秘密や家族問題・過去の貧困など縷々あったのであろう。だが、これだけの人材はなかなかいない。ファンのみならず、マスコミでも「プレイバック」してもらいたいのだろうが、困難であろう。

ここで、昭和五三年に発表された「プレイバック　Part2」を紹介したい。作詞阿木燿子・作曲宇崎竜童。とても、二〇歳の女の子が歌えるような、雰囲気の歌ではない。百恵のツッパリが魅力のひとつでもある。

「緑の中を走り抜けてゆく真っ紅なポルシェ　（中略）馬鹿にしないでよ　そっちのせいよ　ちょっと待って　Playback　Playback 今の言葉 Playback　Playback　気分次第で抱くだけ抱いて　女はいつも待っているなんて　坊やいったい何を教わってきたの（中略）……」山口百恵は、芸能史上に残る歌手の一人であることは間違いないであろう。

ピンクレディーとは、なんともショッキングな名前だ。ミイとケイのデュオ。昭和四五年後半から、ミニスカートではち切れんばかりの若さで活躍したピンクレディー。

「ＵＦＯ」「サウスポー」など作詞阿久悠・作曲都倉俊一のコンビで、大ヒットした。日本中の子供から大人まで魅了した。ヒットの要因は、詩と曲が時代にマッチし、尚且つ、ピンクレディーとの三位一体が功を奏した。だが、何と言っても、土居甫《はじめ》の振り付け師の存在がなければ、あれほど迄の大ヒットは生まれなかったであろう。当時、あの振り付けを、日本中の子供から大人まで真似をして、歌と踊りを楽しんでいたといっても、過言ではないだろう。振り付けの成功例である。

「ＵＦＯ」「手を合わせて見つめるだけで（中略）くちづけするより甘く（中略）地球の男にあきたところよ」

「サウスポー」「背番号一のすごい奴が相手（中略）お嬢ちゃん投げてみろと奴が笑う　しばらくお色気さようなら（中略）魔球は魔球はハリケーン」実に小気味が良い。

北原ミレイの「石狩挽歌」は、昭和五〇年に制作された。作詞なかにし礼・作曲浜圭介。ふたり共ヒットメーカーである。なかにしは、「今までと同じ感じの作品は作らない」と言う。また「人のやらないことをやる」と言う。見上げた根性である。

「石狩挽歌」は、北海道の方言を取り入れた作品だ。

「海猫《ごめ》が鳴くから　ニシンが来ると　赤い筒袖《つっぽ》のやん衆がさわぐ（中略）あれからニシンはどこへ行ったやら（中略）今じゃ浜辺でオンボロロ　オンボロボーロロ……」

八代亜紀の歌には、「舟唄」がある。作詞阿久悠・作曲浜圭介。阿久悠は、日本歌謡史上多大な貢献をして来たと言えよう。作詞数は五千にも及ぶ。総売り上げ枚数は、七千万枚。敬意を表したい。舟歌も情景が目に浮かぶ名曲だ。「お酒はぬるめの燗がいい　肴はあぶっ

たイカでいい　女は無口な方がいい（中略）歌い出すのさ舟唄を　ルルル……ルルル……」

今迄は、私的に日本の一部の女性歌手をランダムに述べてきた。まだまだ、日本の歌手で、紹介したい人は沢山いるが、今回はここで終幕としたい。

次に、かつて、日本で活躍していた二人の外国人女性歌手と、現在も尚、歌い続けている方を紹介しよう。

テレサテン・桂銀淑・歐陽菲菲について触れてみよう。これはあく迄私の趣向から選んでいる。三人に共通して言えることは、日本人には決して表現できない、外人特有の持って生まれた資質が、独特の味ある歌声や、雰囲気を醸し出してくれるのが特色である。

歐陽菲菲、昭和二四年生まれの台湾市出身の現役歌手である。デビュー曲は「雨の御堂筋」作詞作曲ベンチャーズ。彼らのサウンドに乗せて、抜群の歌唱力と表現力でダイナミックに歌いあげる。日本人の感性にはない洒落た舞台に圧倒され、新鮮さを覚える。「雨の御堂筋」、この大阪の街を彼女が歌うことによって、国際都市として御堂筋が生まれ変わったような錯覚を覚える。

「小ぬか雨降る御堂筋　こころ変わりな　夜の雨（中略）あなたを訪ねて南へ歩く」

また、名曲「Love is over」がある。作詞・作曲伊藤薫。昭和五七年に発表され、日本レコード大賞ロングセラー賞を受賞した根強い名曲だ。しっとりとした悲しいまでの、女の恋心を歌ったラブソングだ。

「Love is over　悲しいけれど　終わりにしよう　きりがないから（中略）Uh 元気でいてね　Love is over……」

桂銀淑は、昭和三六年韓国ソウルで生まれた。五七歳。日本では、「NHK紅白」に連続七回出場。また、日本レコード大賞にも常時名を連ねていた実力者だった。残念なことに彼女は、平成一九年に覚せい剤取締法違反で現行犯逮捕された。翌年国外退去処分されている。日本には、未だ再入国の許可が下りていない。韓国でも覚せい剤使用で逮捕されていた。日本の芸能界の一部有名人・ミュージシャン・スポーツ選手もそうだが、どうして薬物に依存する人が多いのだろう。過剰なストレスや疲労・性《セックス》などから手を染めるのだろうか？　折角の才能が、薬物使用で身も心もズタズタに潰されてしまう。薬物は常習性が高いと聞く。危険な薬物には絶対に手を出さないことだ。薬物使用者は、治療に専念して、社会復帰を目指してもらいたい。桂銀淑には、数々のヒット曲がある。「酔いどれ」「すずめの涙」「ベッサメムーチョ」など素晴らしい歌だ。桂銀淑のハスキーボイスから繰り広げられる歌の世界は、男を魅了する。

「すずめの涙」作詞荒木とよひさ・作曲浜圭介。「世の中であんたが一番好きだったけれど追いかけてすがりつき　泣いてもみじめになるだけ（中略）たかが人生なりゆきまかせ　男なんかは星の数ほど　泥んこになるまえに綺麗にあばよ　好きでいるうちに許してあばよ」

男と女の絶妙な距離感を、切ないハスキーボイスで熱唱する桂銀淑。

テレサテンは、「アジアの歌姫」と言われる。アジア各地の香港・シンガポール・タイ・マレーシアでも人気の歌手である。歌唱力も抜群で、透明感のある声質が聴く者の耳に心地良い。清潔感あふれる歌手である。

テレサは、昭和二八年生まれ。台湾外省人出身の歌手。平成七年タイのチエンマイで気管支喘息発作により四二歳で若い命を落とした。日本では、昭和四九年「空港」でデビューした。「愛人」・「つぐない」・「時の流れに身をまかせ」などのヒット曲がある。

日本レコード大賞他数々の賞を受賞している。

私はテレサの歌では、「愛人」「つぐない」が好きだ。「愛人」作詞荒木とよひさ・作曲三木たかし。「愛人」は「あなたが好きだから　それでいいのよ　たとえ一緒に街を　歩かなくても（中略）わたしは待つ身の女でいいの　尽くして　泣きぬれて　そして愛されて　このまま　あなたの胸で暮らしたい」

愛人の控えめな立ち位置を、男を愛しながら、しっとりと歌う。

「つぐない」作詞荒木とよひさ・作曲三木たかし「窓に西陽が　当たる部屋は　いつもあなたの匂いがするわ（中略）愛をつぐなえば　別れになるけど　優しすぎたのあなた　子供みたいなあなた　あすは他人同士に　なるけれど」やるせない心情を見事に歌い上げている。

独断と偏見で、私的戦後昭和歌謡史（女性編）を見てきたが、人生の節目節目に、これらの歌が色濃く残像として心に沁みている。　敬称略

平成三〇年三月末

## 七　夢

夢には大きな夢と、叶えられそうな夢がある。今回は後者の夢について語ってみたい。

それは、車に乗って、ひとりで二か月ぐらい掛けて自由気ままに日本全国を廻ってみたい。車に寝袋やテントを積み込み、また、絵の道具を持ってゆくのも良いかもしれない。スケッチブックに筆を走らせ、気に入った風景を描くのも良いだろう。時には、海の見える浜辺の木陰で、潮風に吹かれながら、気に入った本を読むのも素敵だろう。また各地の美術館や文学館を訪ねるのも楽しみである。夜は、地元の居酒屋で地酒を飲み、地元の海の幸・山の幸を頂くのも悪くない。居酒屋のおやじと地元の話を聞くのも面白そうだ。

福島県いわき市を拠点として、北へ向かう。三陸海岸を巡り、青森からは一気に北の大地、北海道を目指す。北海道は広くて大きい。走りがいがあるようだ。修学旅行や個人的な旅でも、思い出の多い大地である。支笏湖・摩周湖など神秘的な湖もある。支笏湖の湖畔の宿にでも宿泊してみよう。宗谷岬・層雲峡・小樽・網走・函館山・札幌など、尋ねたい場所は枚挙に遑が無い。日本各地には温泉が豊富だ。北海道でも登別温泉など名湯がある。日本各地の温泉に浸かり、旅の疲れを取るのも良いだろう。私は、まだ日本全国を制覇していない。知らない土地には、大変興味がある。きっと、新しい人との邂逅や、発見があるであろう。北から南まで、日本の各地を廻るのが今から楽しみである。

時間が取れれば、いつか出かけてみたい。

もう一つの夢は、豪華客船に乗り、世界を一周することだ。ゆっくりと、世界各地を訪ねて、それぞれの国の人や文化・歴史に触れてみたい。客船の中では、昼は太陽の下でプールに飛び込み、地中海の潮風を受けながら泳いでみたい。ひと泳ぎした後には、プールサイドのパラソルの下で、濡れた肌を乾かし、レモンスカッシュなど飲みながら、海を眺めるのも良いだろう。金髪のビキニ姿の若い女性でも傍にいれば、拙い英語で会話を楽しんでもみたい。昼下がりの午後、読書をするのも良いだろう。多分、アカデミックな本は似合わないだろう。ロマンチックな恋愛ものなどがいいのかも知れない。エッセイなどライト感覚で読める本もいい。時間がゆっくりと流れる中で、日常を離れて過ごす時間は贅沢そのものだ。夜は、世界各国の美味しいディナーを味わい、食後はバーのカウンターで、ひとりグラスを傾けて、カクテルなど口にして、甘い香りと雰囲気を楽しみたい。否、私には、カクテルは似合わないと思う。スコッチのオンザロックか、カミューのブランデーだろうか。時には、タキシードを身に纏い、異国の人たちと社交ダンスを踊ってみたい。その前に、タキシードを新調する必要がある。また、ソシアルダンスを覚えなければなるまい。ステップを間違えて、相手のロングドレスや足を踏んでしまったならば、興ざめである。私には、とても高いハードルが待っている。その他、客船の中では、盛り沢山の企画があるであろう。そんな企画に参加することも、新しい発見があるかもしれない。

夢は、妄想としてどんどん勝手に膨らんでゆくばかりである。

だが、豪華客船の旅は、金銭的には、何とかなりそうだが、ひとつ悩みがある。それは豪華客船と言えども、タイタニックのように、事故に遭遇するかも知れないことが気になる。客船は、大型台風にでも見舞われたら、大海に浮かぶ木の葉のようにひとたまりもないだろう。事前に、気象予報で台風を避けることはできるのかもしれないが、果たして本当に大丈夫だろうか？　大自然の前には、科学技術も敵わないような気がする。

二〇代のころ、東京の晴美埠頭からひとり名古屋経由で沖縄に船で行ったことがある。その時、私は夜の八時ごろ、ひとりで船の大きな浴槽に浸かっていた。沖縄付近を航海していたころだった。船が右へ左へと大きく揺れ始めた。浴槽のお湯は、右へ、左へと揺れるたびにザーザーと浴槽の外へこぼれ落ちてしまい、お湯が半分ぐらいになってしまった。浴槽の淵に捕まりながら、恐怖を感じていた。特に船会社からの注意情報のアナウンスはなかった。私は風呂から上がり、着替えて客船の廊下に出て外を見ると、真っ黒い不気味な荒海が吠えていた。海上では逃げ場がない。船が沈没して、荒波の海に放り出されたら、私の命もこれまでだと思った。まだまだ、生きたかった。私には、やるべきことがまだ沢山ある。この若さで、人生を閉じたくはなかった。月も星も出ていない真っ暗な荒れ狂う海を見つめながら、真剣に生と死をひとり見つめていた。やがて長くて深い夜が明けた。海も静まり客船は、無事に那覇港へ優しく到着した。ほっと胸をなで下ろした。これからは、船旅は絶対に止めようと思った。あれから、数十年経つが、その思いは、今でも心の片隅に残っている。だが、人生は、一度限りである。リスクはあってもやりたいことは、やるべきだとも思う。しかし最終的な決断は、未だ決めていない。世界各地で繰り広げられるテロの心配もある。いやな世の中になったものだ。

今迄、死を予感したことが過去に二度ほどある。一度は、前述の沖縄への船旅だった。あと一つは、多摩川事件だ。中学生の夏休みに、友人とサイクリングで、朝早く新宿の自宅から青梅街道を走り、昼下がり多摩川に出た。川の流れに誘われて、火照った身体を多摩川で泳ぐことにした。人気のない河原に自転車を停めて、海水パンツに着替えた。友人と冷たい川に入り泳ぎ始めた。左程広い川ではなかったが、下流に泳ぎ始めてしばらくすると、急に川幅が広くなり、流れも速くなってきた。平泳ぎで泳いでいたが、腕から肩にかけて疲れてきたので、立ちとまって休もうとした。立とうとして足を川底に付けようとしたが、ぶくぶくと身体が沈んでゆく。慌てて浮き上がり、立ち泳ぎをしていた。新宿から自転車を走らせてきた疲労もあった。腕も足も疲れていた。もしかして、このまま溺れてしまうのかと思った。川の真ん中にいる。岸辺までは、二〇メートル位ある。力も果てていた。友達もそんなに泳ぎは得意ではない。私も当時は百メートル強が限界だった。

岸辺の河原には、一人の男性が歩いていた。私と友達は、「助けて！」と大声で叫んだ。彼は、私たちの姿を発見したものの、歩きながら見守るだけであった。確かに一人で助けることも出来なかったであろう。当時は携帯電話もなく、彼は警察や消防に連絡することもできない状況だった。周りには人が誰もいない。私は、彼からの救助を諦めた。友と声を掛け合って「頑張ろう。死んでたまるか！」と励ましあった。力を振り絞り泳いだ。段々岸辺が近づいてくる。這うように岸辺に辿り着いた。「助かった！」命の大切さを痛感した。

話を元に戻そう。今後の夢は、車での日本列島一周と豪華客船での世界一周である。二つの夢の実現に向けて、生きて行こう。そのためには、健康であり続けること、体力の維持が必要だ。何事においても、健康が第一であることは間違いない。

身近な夢の実現を積み重ねて、更なる大きな夢の実現に向けて努力して行こう。

夢を夢で終わらせたくはない。夢を持ち続けることが大切である。人生に於いて、ロマンを持ち続けることは、年齢には関係しないことだ。

平成三〇年三月末日

## 八　ピョンチャン五輪

昌平の空を飛ぶ　人間が　鳥になる　より遠くへ　永光の金メダルを目指して　風の悪戯で　記録が変わる　無風・逆風・向かい風・追い風選手たちの　四年間の血の滲むような練習・努力は　気ままな風次第で　メダルの色が変わる。　実力以外の運・不運で人生が決まる。　運も実力の中か？　そんな安易な言葉で　片付けられない。　高梨沙羅（二一）銅メダル。

青空が広がる　宙を舞う　三回転・四回転　何度も空中技を見せる　君は　極限への挑戦を続ける　若き戦士　スノーボードハーフハイプ　銀メダル平野歩夢（一九）

氷上の格闘技　アイスホッケー　女たちの壮絶なる闘い　立ちはだかる　欧米の体力差をものともせず　勇敢にぶつかり　烈しく球を追う　シュート！　ゴール！　日本は　ス

ウェーデンを抑え　六位に入賞　女の戦いは熱かった

フィギュアスケート怪我からの復帰で見事、金メダルを獲得した羽生結弦（二三）奇跡の復活劇　痛み止めの薬で　四回転三回転を決め　甘いマスクからは　想像もつかない不屈の強靭な信念で　自分を信じ　最後まで金メダルに執着した　そして　勝利を自ら勝ち取った試合後、右足首を抑え　無事滑走できた感謝の喜び　氷上に手をつき　氷への感謝の心は多くの見る者たちに　共感と感動を与えた

銀メダルの宇野昌磨（二〇）は　大舞台にも　冷静で　物怖じせず　どこまでも　のびしろのある　将来を期待される選手だ

宮原知子は　自己最高得点　期待されながらも　メダルに届かず四位に終わった　だが、彼女の表情は　実力を出し切った満足感で　爽やかな笑顔だった

スピードスケートは　驚愕の連続だった　小平奈緒（三一）が五〇〇Mで金　一〇〇〇Mで銀　五〇〇では　ライバルの韓国選手李相花を破った　試合後　小平奈緒の行動は　スポーツマンシップそのものだった　敗者に寄り添い　健闘を分かち合った　両国国旗が彼女らの肩に掛けられ　会場の観客に応える　大きな声援が湧く

女子団体追い抜き　高木菜那（二五）・高木美穂（二三）・佐藤綾乃（二一）がオランダを抑え逆転優勝　三〇〇日にも及ぶ合宿練習で掴んだ　チームワークの勝利である　妹の高木美帆は一〇〇〇で銅　一五〇〇で銀の快挙　初種目マススタート　初女王に輝いた　高木菜那は金

レジェンド葛西紀明（四五）　冬季五輪最多出場八度　今回はメダルを逃したが　次回北京を狙う　この男は進化し続けている

女子カーリング　日本初の銅メダル　英国のミスに助けられたが、　日本を沸かす試合

だった　吉田夕梨花（二四）・吉田知那美（二六）・藤澤五月（二六）・鈴木夕湖（二六）・本橋麻里（三一）。

本橋麻里の影の力が大きい　指導者の影響力が　良くも悪くも作用する

このほか　数えればきりがない程の　名場面がある

韓国での冬季五輪は、参加国九二か国。史上最多となる。七競技一〇二種目。二、九〇〇人の参加。だが、大会は、ロシアのドーピング問題で、ロシアは出場禁止。個人資格（ＯＡＲ）で許可される。そんな中、ロシア（ＯＡＲ）のフィギュアスケートで、ザギトワは金。メドベージェワは銀。底力を見せつけられた各国遜色ない選手たちだが、回転での転倒回転数・連続技・技術点・構成点・芸術点などで審査される。本番で、実力以上の演技が出せるか出せないかが、分岐点である。練習でパーフェクトでも、本番でミスしたら減点。本番一発勝負の厳しい世界である。

平昌は、政治利用された五輪であった。韓国と北朝鮮・IOCも一枚加わり、五輪の成功を願った美女軍団の投入で、関心を集め、欺瞞的微笑み外交を行っている。国際制裁されている北朝鮮は、五輪を通して、ポスト五輪後の、自国の活路を見い出したいのだろう。核ミサイル・核開発等々。日米韓朝の思惑の中で揺れ動いている。

氷点下マイナス六度。冬季オリンピックの韓国。南北統一国旗の朝鮮半島。韓民族は一つに果たしてなれるのか？　美女軍団に一喜一憂の、観客・マスコミ

二〇一八年二月九日から二五日までの一七日間、平昌冬季五輪は幕を閉じた。日本は、メダル一三個の史上最多獲得数を得た。金四個・銀五個・銅四個。因みに一位はノルウエー三九個・二位ドイツ三一個・三位カナダ二九個・四位米国二三個・五位オランダ二〇個・日本は一一位だった。まだまだ、世界との差は歴然としてある。

## 九　母の刊行に寄せて

この度、母田中志津が『百四歳・命のしずく』を㈱牧歌舎より刊行致しました。百四歳にして、いまだ健筆であることを息子として大変嬉しく思っています。母は、最近物忘れなども顕著となりました。執筆に当たりましては、メモ書きの多様や、疑問点に対しては、私への調査・確認作業なども怠らずに、執筆して参りました。随筆の一部は、口述筆記も試み、完成後に母へ確認してもらいました。

物書きの習性でしょうか、母は書きはじめると集中して原稿用紙に向かいます。普段の日常生活で見せる顔とは、異なる作家の顔に変貌致します。まさに作家魂と申しましょうか、執念のようなものを感じます。

私は、そうした作家の姿勢に敬意を表しています。

長編小説は、もう残念ながら母は書けません。随筆や短歌であれば、比較的容易に執筆しています。短歌は、未発表の作品を含めて精力的に纏めていました。随筆は、その時々の想いを書いています。また、語録は、七・八年前から思いつくまま書き留めたものを、この機会に出したいということで、収載したものです。

母の人生を振り返りますと、官吏の長女として生まれ、結婚前までは、順風満帆な人生でありました。その後、結婚を契機に波乱万丈な人生を余儀なくされました。それは夫の酒乱生活二〇年にも及ぶ苦渋に満ちた半生でもありました。幼い子供たちを巻き込んだ生活には、胸を痛めていました。夫の収入もあてにならず、生活が苦しく、タイプ印刷や下宿人の世話などで生計を立てていました。育ち盛りの子供たちには、多忙の中、愛情を持って育て上げてくれました。ある意味子供の成長が楽しみであり、生き甲斐でもあったのでしょう。まさに逆境をバネに生きてきた人生でありました。また家庭生活の混乱を随筆日記などに纏め、大阪の劇作家郷田悳氏によりＮＨＫで放送されました。また、娘佐知（保子）は母の小説『佐渡金山を彩った人々』・『冬吠え』を闘病生活の中、ＦＭ放送で全編朗読しました。朗読の完了後まもなくして、佐知は命の炎を燃焼させ他界しました。親より若くして亡くなった佐知のせめてもの親孝行がこの朗読だったと言えましょう。

母親の波乱万丈な生活の中で、子供たちもまた、青春の蹉跌を覚え、また父親の二〇年にも及ぶ酒乱生活を反面教師として捉え生きてきたことも事実です。

母親のこうした時代背景の中で、志津は文学に目覚め、数々の作品を世の中に送り続けて参りました。遅筆の志津ではありますが、一歩一歩を確かな手応えで作品に残して参りました。新潟県の佐渡金山には「佐渡金山顕彰碑」が、また、生まれ故郷小千谷市には「生誕の碑」を、晩年の地いわき市には、志津・佐知・佑季明の「親子文学碑」が建立されています。日本海の孤島・佐渡島から、中越の小千谷市船岡公園、そして太平洋浜通りにあるいわき市最古の神社、大國魂神社に文学碑が建立されました。志津は、このような立派な碑の建立に対して、文学碑建立実行委員会の方々はじめ、関係各位の皆々様には、身に余る光栄と感謝申し上げております。

百歳を越え、一連の業績は漸く辿り着いた人生の証でもあり、航跡でありましょう。子供としても、親の生きてきた来し方に敬意と感謝を表したいと思います。

いつまでも、元気で笑顔を忘れない母親であり、作家であって欲しいものでございます。

『百四歳・命のしずく』刊行心よりおめでとうございます。

令和元年一二月吉日

## 一〇　アトリエ

アトリエはいわきに家を持つことによって実現した。場所は二階の書斎の中にアトリエを兼用にした。本箱を三面に置き大きな机と椅子を窓側に配置した。ピクチャーレールを一面に備え絵画など飾ることが出来る。我が城から、世の中に創作品を発信してゆく心構えも芽生えたが、勤めながらの創作活動は思いの他捗らなかった。そうは言うもの、個展なども自分なりに精力的に催してきた。最初の個展は、平成四年いわき市の積水ハウスのシック・ギャラリーに於ける「田中行明写画展」であった。円形の大きなギャラリーを独占して展示した。写真に油絵・水彩・水墨画などがある。壁面に展示しきれず、パテーションも何枚か使用した。会場を独占して自分の作品を展示できることは何と贅沢であることか。長年の個展の夢が実現でき感激した。母・姉も東京から駆け付け豪華な花を贈ってくれて祝って頂いた。

個展は評判も良く、闘牛の絵を、都市ホテルの客室に置きたいというオファーも頂いた。その後、いわき・東京・大阪・パリなどでも催しを開催して、マスコミにも取り上げられ、それなりの実績を残したと自負している。

アトリエも会社の転勤が東京・大阪・仙台・埼玉と続き、その活用が滞っていた。油絵を描くと、部屋中に油絵具の匂いがきつく、閉口した。一〇〇号のキャンバスはいまだ下地を塗ったまま廊下に何年も立て掛けられたままだ。何を描こうかいまだに未定だ。白いキャンバスに無限を見る様だ。自由な発想でテーマが錯綜する。暗闇の宇宙空間から不思議な形が浮かんできては消えてゆく。纏まりようもなく捉えどころもなく思考を浮遊している。

会社を定年退職してからは、アトリエの活用も考えたが、二〇一一年三・一一で東京へ自主避難して五年を過ごし、空白の時間がむなしく過ぎ去っていった。東京では裸婦のクロッキーを三年ほど描き、杉並の美術研究会で発表をした。原宿・銀座でも自己表現としての作品を展示した。

人生にはいろいろな転機が訪れるものだ。

私は、平成二八年日本文藝家協会と日本ペンクラブの会員となり、文筆活動にも力を注ぐようになった。東京では、八冊程出版した。今年二〇一七年も一〇〇歳になる母との共著『歩きだす言の葉たち』に次いで『愛と鼓動』（愛育出版）を刊行予定している。これからは文筆活動にシフトしてゆくような気がする。だが、他の画家達が活躍している作品などを目の当たりにすると、ほのかな炎がめらめらと燃え上がる時もある。

ある年、中央線沿線郊外にある尊敬する女流彫刻家・笹戸千津子女史（新制作協会）のアトリエを一人で訪問したことがある。女史は、彫刻界の重鎮、佐藤忠良先生の一番弟子である。佐藤作品の帽子シリーズなどにモデルとしても多く登場している。

広くて大きなアトリエは、流石プロの仕事場である。神聖な仕事場の雰囲気が満ち溢れ張り詰めた緊張感さえ感じた。作品に真摯に向き合っている女史の純粋さが魅力だ。いつも彼女の作品を通して感じることは、清潔感があり、作家の精神性が透明で一点の曇りもない。女史の言動からは、あくなき芸術性の追求と極みを求め続け、妥協を許さない芯の強さを感じている。日本を代表する女流彫刻家として今後も多いに期待している。

また、二〇一七年夏、峰丘氏（春陽会会員）のアトリエを訪問した。いわき市の好間川沿いにある閑静な一角にログハウスの二階建てのアトリエがひっそりと建っている。驚いたことに、このアトリエは、数年間かけて、ひとりで建てたそうである。一部仲間達にも手伝ってもらったようだ。彼は建築工法も自己流のようで人間のポテンシャルの高さを感じる。先の東日本大震災の地震で自宅は崩壊したが、この手づくりのアトリエは、震災にも耐えて無事だったそうだ。川のせせらぎを聞きながら、創作活動ができるなんて羨ましい。春には二階から正面の対岸に桜の花が咲くという。バーベキュウをすることもあるという。

生活をエンジョイしながら芸術活動に励んでいる。創作意欲も旺盛になるであろう。このような自然環境に恵まれた場所にアトリエを持てることは、至極贅沢である。日常の雑多な感情から解放され自由な創作活動ができるであろう。人や時間にも制約されず、ゆったりと時間が過ぎてゆくような気がする。

時間にもきっと感情が潜んでいるような気がする。

彼とはいわきのある画廊で姉と一緒の時に出逢った。髭を蓄え独特の風貌でトレードマークの帽子をいつも被っている。メキシコに留学したことがある。原色を基調とした作品も多い。メキシコに長く住んでいた影響もあるのであろう。「テンペラ画」(イタリアの古典技法)と油彩を融合した作品がある。昨年、銀座の彼の個展に出かけたことがある。彼の作品は、金を使用した作品もあり、煌びやかさと哀愁も感じる。人真似ではなく、作品を見ただけで峰丘の作品だとわかるところがこの男の凄いところだ。いわきを代表する画家でもある。

私も彼らのように、私の小さなアトリエから大きな作品を残したいものだ。

平成二九年一〇月二〇日

## 一一　認知症

日本は世界有数の高齢化社会である。

平成二九年一〇月一日現在、総人口一億二六七〇万六千人。六五歳以上の人口は五六万一千人。平成二九年我が国の高齢老人の人口の割合は、世界一で、人口比率で二七・七パーセント。次いでイタリアの二三パーセント、ポルトガル、ドイツが続く。（総務省・統計局調査）

厚労省によると、二〇一二年の六五歳以上の認知症者は四六二万人いる。幸い私は今のところ大丈夫だ。一三年後には約七〇〇万人に達すると推計されている。高齢者の五人に一人は該当するのではないかと言われている。果たして自分は、大丈夫だろうか？　と素朴な不安を抱く。母は百一歳。物忘れは多いというものの、日常生活には余り支障はない。だが、昨年に比較すると、今年からは、特に物忘れの頻度が高くなってきた。本人はだいぶ気にしているようだが、私が傍にいるので、物忘れした時は、私に聞けば良い。必要に応じて、ノートにメモを書き残しておけば良いと助言する。しかし、メモしたことを忘れ、別の日にまた同じことを記述するという、母には失礼とは思うが、笑うに笑えぬこともある。

全てを覚えておく必要はないと思う。無駄なことを覚えていてもナンセンスだからだ。記憶しておきたいことだけ覚えておけば良い。しかし、なかなかそんなに都合の良いようには行かないのが現実だ。記憶したいことが、忘却の彼方に消え去ってしまうことがある。そこで、先ほどのメモのノートが必要となる。そのノートを見れば、必要な事柄が容易に分かるからだ。

認知症は、本人はもとより、家族も深刻な問題だと思う。だが、程度の差はあるが、生きて行く上では、周囲の協力を得られれば、そんな深刻な問題ではないような気がする。

だが、徘徊や自分の名前・住所・年齢も分からないようだと、それは困るだろう。先日も地元ラジオ局で、六〇歳を過ぎた男の人が、家を出たまま帰って来ないという。徘徊のようだ。まだ、六〇歳過ぎで若いのに、ご家族は心配だと思う。翌日もラジオで捜索依頼していたが、その後報道されなくなった。多分、発見されたのであろう。若年性認知症（一八歳以上六五歳未満）があると聞く。

二〇〇九年厚労省の調査では、全国で推計三万七千八〇〇人の患者がいると言われている。現在では、患者数も増加していることだろう。以前、テレビで大企業の管理職の方が、会議に出席したが、若年性認知症で議事運営に支障をきたしたという。働き盛りで、不本意ながら職を去るということは、本人はもとより、家族は困惑してしまうだろう。だが、本人は生きて行かなければならないのだ。そうなると、家族や医療関係者・近隣や周囲の協力が必要になる。家族だけでは、支えきれない社会的問題でもある。社会の理解と協力支援が必要だ。

私の知人に、南髙まりさんがいる。南髙さんのお嬢さんが、亡き姉の著書『田中佐知絵本詩集』(朱鳥社)の絵を描いて頂いた。詩田中佐知・絵・南髙彩子・英訳・南髙えり。

そのご縁で今日までお付き合いさせて頂いている。

南髙さんのご尊父である長谷川和夫先生(八九歳)は、認知症医療の第一人者で権威である。彼は聖マリアンナ医大学長・理事長をご勇退後、現在は、認知症介護研究・研修東京センター名誉センター長及び聖マリアンナ医大名誉教授に就任されている。一九七四年「長谷川式簡易知能評価スケール」を発表。年齢はお幾つか？　今日は何月何日何曜日か？　など九つの質問事項があるそうだ。(改訂版九一年)全国の病院などで採用されている。

昨年一一月一六日讀賣新聞で「認知症ありのままの僕」、今年三月一六日朝日新聞「認知症になって」また、今年文藝春秋四月号では、「認知症の権威が認知症になって」などロングインタビューを受けている。大きな紙面で全国に紹介され、認知症関係者並びに予備軍の方たちにも理解されたと思う。

紙面では、ご自身のことを包み隠さず、「ありのままの僕」を紹介している。権威のある方のご発言に驚かされたが、現実を直視することが出来た。

紙面では、「例えば家を出た後、鍵を掛けたかどうかの自信がない。…それを何回か繰り返す」私もどきりとした。以前、いわきから東京へ車で向かう途中に、玄関の鍵をかけたか不安になり、隣の家の方に電話で確認したことがある。鍵がロックされていて一安心した。それ以来、家を出る時は、特に鍵のかけ忘れに留意している。また、先生は「今日が何月何日で何曜日か分からなくなる。新聞の日付けで確認する。日めくりを使っている」今は、認知症の完全なる治療薬はない。むしろ副作用が心配だと警鐘を鳴らす。

長谷川先生は、嗜銀顆粒性認知症と比較的軽度のものだそうだ。人生の晩節期に起こる。「認知症は、長生きすればだれにでも起こり、ありのままを受け入れる。仕方ない」と語る。認知症の有効率は、世界一高く、その対策も一番進んでいるという。海外にもそのノウハウを啓蒙してゆく必要があると説く。海外の研修者が、日本で研修を受けるよりも、現地に日本人を送り出した方が良い。現地の言葉や環境などに合わせて、指導した方が、分かり易く効率が良いと言う。

数年前、東京の西国分寺で、南高さんのピアノコンサートがあり、母とご招待されたことがある。その時、長谷川先生の認知症の講演が同時に行われた。確かプロジェクターを使用してスクリーンに大きく資料を映し出し、ボードなどを使って、聴衆に分かり易く説明して頂いた。会場で、長谷川先生御夫妻が私たちの座席までお越しいただき、足の不自由な母に御挨拶され、先生の御著書をサイン入りでご恵贈頂き感謝した。

親子で、「音楽と認知症の講演」を催されることは、音楽を楽しみ認知症の啓蒙にも繋がる素敵な企画のコンサートだった。

南高さんのピアノ演奏とバイオリン・チェロのハーモニーも聴衆を魅了した。

長谷川先生は、今年認知症を理解してもらう為の、絵本を刊行したいと意欲を見せている。先生のお言葉に「認知症になっても心は生きている」と語っています。是非、分かり易い認知症の絵本の刊行を楽しみに期待致しております。

平成三〇年三月末

## 一二　銀座モンパルナス

「銀座モンパルナス　サロンど東京展スプリングアートフェスタ」が、平成三〇年四月一六日から二一日迄、（午後一時から八時）銀座一丁目の奥野ビル二階二〇二のアートスペース銀座ワンで開かれた。私は、小さなコラージュ作品を二点出品した。「時を刻むおんな」と「FACE」である。前者は、合板にチャコールのペンキを塗り、顔の部分に皮革を貼り、目の部分は、右目に壊れた丸型の外国製腕時計と左目には外国のコインを貼り付けた。鼻はジュエリーのロングペンダントを充てた。また唇は、ゴールドのブローチで顔を仕上げた。アクセントとして、古い外国切手を二枚作品の中に貼った。趣のある作品に仕上がり、私も気に入っている。後者は、SMの額に、二枚の皮革を貼り、中央部分を切り抜き、細長く楕円形にした。下地に英字新聞を貼り、マジックで目・鼻・口を線で描いたものである。いずれの作品も、過去に他の会場でも、評判が良かった。自信作と言えよう。

一六日は、いわき市から、母をショートステイに預けて、銀座に向かった。

今回の出品者は、老若男女合わせて三五名程いる。小さな会場には、油絵・水彩・イラスト・写真・人形など個性豊かな作品が並ぶ。

違った作家の作品が、展示されることも面白い。個展とは違った雰囲気を齎している。

午後五時から懇親会が開かれ、二部屋で作家たちと酒を酌み交わして交流を計った。

今回のグループ展のきっかけは、私が銀ぶらでよくこのビルを訪れていて、オーナーの織田泰児氏にお会いして実現した。私は、銀座でのグループ展は、これで二度目である。

奥野ビル（旧銀座アパートメント）は、昭和七年、建築家の川元良一氏の設計で建設された高級アパートだった。築八〇年も経つ地上七階のレトロの建物だ。七階部分は増築されたものである。

エレベーターは、一見の価値がある。民間アパートでは、日本初のエレベーターが、設置されている。現在も現役のまま使用されている。中側のドアは、蛇腹の手動式である。趣がある貴重な存在である。確か、同タイプの蛇腹式エレベーターが銀座の金井画廊にあったと記憶している。時代の時間と空間が、昭和初期のレトロに戻ったような錯覚に陥る。階段も石造りで昔ながらの、クラシックエレガンスの雰囲気があり、とても落ち着いている。銀座の喧騒の中で、ひっそりと息づいている。このビルには、二〇店程のギャラリー・画廊などがある。私は銀座に出かける時は、時間が許す限り、必ず立ち寄る。そこにはいろいろな作家たちのアートがあるからだ。私にとっては、心も癒され、刺激も受けて、贅沢な時間が過ごせる都会のオアシスであり、楽天地だ。

今回、私は初日一日だけの在廊であった。期間中には、多くの来場者に鑑賞して頂きたいと思う。最終日の搬出は、私が遠方故、勝手ながら、オーナーに依頼して、私宛にいわきへ返送して頂くことになっている。東京を離れて、早くも一年が過ぎた。半世紀も暮らし過ごした東京は、やはり私の故郷でもある。銀座のネオンが優しく夜の街を照らしている。私は七時過ぎに有楽町へと向かった。

平成三〇年四月一七日

# 第二章　組曲（鼓動）

詩に音を乗せ、混成合唱団により演奏されるとは、どういう風景が見られるのであろうか？亡き姉田中佐知の組曲「鼓動」が、四月一日埼玉県川口総合文化センター「リリア」音楽ホールで午後二時に開演される。「Ensemble Polano 結成一〇周年コンサート」である。同時に、「Ensemble Polano 第三回演奏会」である。また、混声合唱組曲「鼓動」委嘱初演演奏会が行われる。

演奏会に先立ち、合唱団のホームページには、「森山至貴先生の熱き想い─委嘱初演記念特別サイト─」が、文責小国綾子女史により七回にわたり連載されている。

第一話「森山さんにとってのユニゾンとは」第二話「コード進行」第三話「森山さんが作曲する時一番好きな作業は何か」第四話「組曲構成（長さとテンポ）」第五話「同世代の詩人、現代詩の言葉に向き合う」第六話「森山流の「翻訳」」第七話最終回「言葉への想い」森山先生とのロングインタビューが掲載されている。専門性を交えて簡潔に纏め上げている。ご興味のあるお方は、是非閲覧してみて下さい。

田中佐知の組曲「鼓動」（詩田中佐知・作曲森山至貴）は、四つの詩から構成されている。一「凪はいつも」二「逃げた言葉」三「砂塵」四「鼓動」である。

私は、四月一日いわき市のＪＲ泉駅から常磐線のスーパーひたちに乗り会場に向かった。演奏会には母と一緒に招待を受けていた。だが、母は一〇一歳と高齢で、いわきから会場までの長旅は、体力的に無理であろうと判断して、ショートステイを利用することになった。母は断腸の思いで、いわきに留まることになった。

会場のリリアは、川口駅前にある。リリア前の公園には、桜が見事なほどに満開に咲き誇っている。この季節、姉佐知は四月一一日に生まれた。今年没後一四年経つ。生誕七四年を迎える。期せずして、姉の組曲「鼓動」が初演演奏されることは、誕生祝としてふさわしい贈り物である。関係各位様には厚く御礼申し上げたい。

リリアの音楽ホールは、音響効果が優れていることでも知られている。パイプオルガンを中央に配し、格調のあるホールである。

開演前から入り口には、観客の長蛇の列が並んでいた。前評判が良いコンサートだ。

会場に入ると、テーブルの上には、見慣れた姉の著書が展示されていた。詩集『砂の記憶』『見つめることは愛』『樹詩林』『現代詩文庫田中佐知詩集』エッセイ集『詩人の言魂』遺稿集『二十一世紀の私』絵本詩集『木とわたし』『田中佐知絵本詩集』また、森山至貴先生の楽譜集も同時に展示されていた。「田中佐知さんの詩を歌うということ」について、Ａ４サイズのチラシで小国綾子さんが紹介している。

小国さんの発案で、詩人の著書を展示して頂いた。合唱団の方たちからも展示机にお花を添えて頂いた。とても気配りの行き届いた演出に頭が下がった。姉もきっと喜んでいることだろう。私は受付で森山先生に花束を渡した。

六〇〇名収容の会場は、ほぼ観客で埋まっていた。集客は団員の皆様方の努力の結果であろう。有難いことだ。

私は関係者席に座っていると、森山先生が、にこやかな表情で「ご遠方からわざわざお越しいただきましてありがとうございます」と挨拶された。私も組曲の御礼を申し上げた。

先生とは、今回で三度お目にかかる。最初は三鷹でのコンサート会場で「鼓動」を拝聴させて頂いた。二度目は津田塾大ホールで「愛」の発表時だった。先生は、勤務先の東大の図書館で『現代詩文庫田中佐知詩集』が眼に留まり、作曲して頂く幸運に恵まれた。先生は作曲家・ピアニスト・社会学者という多面的な顔を持つ新進気鋭の学者でもある。第二一回朝日作曲賞を受賞されている。

開演前、先生と談笑している間に、先生のお知り合いの方たちが、先生の所へ何人も挨拶に見えられた。

午後二時に定刻通り開演された。指揮　仁階堂孝・ピアノ　田村爽月・ヴォイストレーナー西本真子・混声合唱団 Ensemble Polano の二四名による定期演奏会である。

第一ステージから第四ステージまで、合唱団の美しいハーモニーが、会場を包み聴衆を魅了した。私も学生時代、東京経済大学のグリークラブに所属していたことがある。合唱の魅力は、十分に理解している。

ここでは、紙面の都合で第四ステージ、委嘱初演作品　混声合唱組曲「鼓動」について語ってみたい。プログラムには、森山先生のメッセージと曲紹介も案内されている。含蓄のある解説に感謝している。

組曲を合唱する前に、「田中佐知さんの弟さんが会場にお見えになっています」とご紹介いただいた。私は、座席から会場の皆様に一礼させて頂き、感謝の気持ちを表した。客席から暖かい大きな拍手が送られ感動を覚えた。

組曲の詩を次に紹介したい。

一　風はいつも……

風はいつも　水色を含んでいるので
わたしの心は
湖水になることが　できるのです

風はいつも　すき通っているので
透明だから
わたしを通るとき
わたしは　透明になることが　できるのです

風はいつも　やさしさと　冷たさを　持っているので
わたしは
二つの世界を　知ることが　できるのです

風はいつも　通りすぎるものだから
わたしは
今を　通りすぎていると　わかるのです

## 二　逃げた言葉

わたしの心が
ふと
視線を　外したら
捕えかけていた　言葉が
逃げていってしまった

かくれんぼのように
いたずら気に
わたしを見やり

影の中に　消えてしまった
わたしは
その言葉の横顔を
一瞬　見たのだけれど……

たぶん　言葉は
うれしそうに
暗い葉陰の中で
ひっそりと　煌いているかもしれない

三　砂塵

はじめから
すべては
なぜ

ことごとく終りなのだろうか

倖せは
わたしの眼差しによって枯れ
わたしが触れるものは
すべて
ガラスのように壊れた

あるいは
触れる前から
世界は
きり刻まれた悲惨のように
覆された地球のように
醜さと矛盾と怒りと悲しみに満ちて

わたしのまえで
烈しく息づいていた

そして
どろどろした闇
から目覚めると
わたしは
砂
だった

形もなく
まとめようもなく
火の風にだけ
流れる

砂塵だった

## 四　鼓動

一瞬のなかに
そよぐ樹木の
何千年もの　緑の系譜

泳ぐ魚の　舞う蝶の
沈黙の石の　はてしなき空の
いのちの水脈

はるかな流れをついで
ちいさなわたしの中へさえ
めぐりめぐる　血のあつさ

すべての生きものの証のように
休みなく
ゆるやかに回転する地球

いま
あふれくる海のように
あなたがいる

饒舌なことばは地に沈み
鼓動だけが
しずかに　世界をつつむ

この組曲は、混声合唱団によって、高らかに歌い上げられた。

森山先生は、壇上でこの組曲「鼓動」を大手出版社で是非刊行したいと話された。彼にとっても自信作のようだ。実現できればこんなに嬉しいことはない。

過去には、森山先生によって、教育芸術社並びに音楽之友社より姉の「愛」「鼓動」が紹介されている。

演奏会が終わり、余韻が残る中、招待された南髙さんの座席へ森山先生と訪ねた。私からお二人をご紹介させて頂いた。南髙さんは「素晴らしい演奏を聴かせて頂きありがとうございました」と先生にお礼を述べられた。彼女は私に「佐知さんは今を生きていますね」と語りかけて頂いた。私もそう思う。没して一四年も経つというのに、今日こうして生の演奏が行われている。皆様に心から感謝申し上げたい。

南髙さんは、母にお手紙とお祝い金を贈って頂き恐縮した。いつもながらのご芳情に感謝申し上げたい。

ロビーでは、会場の熱気を感じさせながら、団員の皆様と関係者たちが、笑顔で談笑していた。私の前にひとりの団員の若いお嬢さんが現れた。「荒岡梨絵と申します。私の父が稀少な癌で治療が難しい状況なのですが、佐知さんの詩を読んで、心が癒され、慰められました。元気を頂いております。これからも歌を歌い続けて行きます。佐知さんの本を読み続けて行きたいと思います」と涙を目に浮かべて、私に語って頂いた。私も姉が癌で長い闘病生活を送っていた経験があるので、「ご家族の心境は痛いほど良く分かります」と答えた。姉の「言葉の力」が微力ながらお役に立てれば、こんなに嬉しいことはない。手元に持参していた姉の俳優座で収録した朗読のＣＤをプレゼントさせて頂いた。まさか、荒岡さんからこのようなお話を聞かせて頂くとは思ってもいなかった。胸がジーンと熱くなってしまった。

日本合唱指揮者協会理事の指揮者、仁階堂孝先生ともお話する機会を得た。「鼓動」は、これから多くの若い世代の方たちに歌い継がれてゆく組曲です」と力強いお言葉を頂戴した。ふと、姉の顔が浮かんだ。胸が熱くなった。先生は、母が新潟県出身の作家であることを御存知だった。先生は長岡のご出身だそうだ。僭越ながら、後日、母の文学碑が生誕地小千谷にあるので、文学碑の写真絵葉書と姉のＣＤを送らせて頂いた。

また、ピアニストの田村爽月さんともお話が出来た。ピアノの繊細で軽快な演奏がひときわ合唱を盛り上げていた。ピアノ演奏の素晴らしさを伝えると、森山先生にピアノ演奏を教えて頂いたと言う。

合唱は心を一つに合わせて、指揮者・歌い手・ピアニスト・作詩・作曲者が一体となり生み出される総合芸術だ。

合唱団の代表三辻昭宏氏にもご挨拶させて頂いた。姉の詩を少しでも広めるきっかけになれれば嬉しいと語ってくれた。有難いことである。

ホームページで森山先生とロングインタビューされ、文責を担当している小国綾子女史にも初めてお会いできた。プログラムの各ステージの紹介まで解説され、音楽にも造詣が深い才女だ。合唱団は、異業種の方たちで構成されている。団員の層の厚さとクオリティーの高さを感じる。

こうした素晴らしい仲間たちに出逢え、また姉の詩を委嘱作品として組曲にして頂いた幸せを光栄に思っている。

関係各諸氏には、厚く感謝申し上げる。

平成三〇年四月三日

# 第三章　短編

# 一　見知らぬ乗客たち

二〇X七年晩秋。新宿駅舎の丸時計は、午前一〇時一〇分二〇秒を指していた。朝には遅く、昼には早い時間帯。プラットホームには、かもしかのような細くて長い脚に、黒い網タイツの靴下を履いた女が立っている。女はエナメルの赤いブーツを履き、深紅の超ミニスカートに、白いジャケットを羽織っている。女の白い顔は、意識してかしないか、長い黒髪と濃紺のサングラスで隠されている。紅いルージュだけが、妖しく濡れて光っている。シースルーのブラウスの膨らんだ胸元は、セクシーさが漂う。年のころは、二〇代後半と思われるが、定かではない。女は、雨も降っていないのに、右手に細長いチェックのアンブレラ。左手には、古い草臥れた皮革の茶色い大きな四角い旅行鞄を持っている。カバンには、ＮＹ・ＰＡＲＩＳ・ＬＯＮＤＯＮ・ＩＴＡＲＹの破れかけたステッカーが、秋風に小さく揺れている。女には、駅の騒音は、難聴でもないのに耳に届かない。耳には小さな真珠のイヤリングがピアスで止められている。行き交う乗客たちは、大きなシルクスクリーンに黒い影として、写し出され、右へ左へとせわしなく移動している。女の眼には、彼らは黒い影としか映っていない。突然、ヴォーアーンと警笛を鳴らし、うぐいす色（黄緑色）の長い帯が、弾丸のようにプラットホームに滑り込んでくる。山手線だ。ドアが開き、多くの物言わぬ無表情の乗客たちが、吐き出されてくる。どこへ行くのだろう。彼らは改札口を出ると、目的地に向かって放射状に散ってゆく。

女は車両に乗り込む。ラッシュ時間から少し外れているので、車内はさほど混雑していない。ラッシュ時は、一五〇パーセント以上の乗車率で、男も女も狭い空間に押し込まれ、圧殺されるように身動き出来ずにじっと我慢している。目的の駅まで只々忍耐だ。まさに酷電と言えよう。見ず知らずの男たちと若い女たちが、こんなに密着して、同じ時空を沈黙したまま共存していることは、日常生活の中では、満員電車以外決してありえないだろう。ひと駅ごとに数分間のドラマがある。女の化粧と甘い香水に包まれ、誘惑の罠は待ち受けている。犯罪が起こっても不思議ではない状況だ。だが、多くの良識ある男たちは、法を犯すほど馬鹿ではない。将来を、刹那な好奇心と欲望のために犠牲にすることはできないのだ。彼らの背後には、家庭や会社・世間体などがある。そして、幾ばくかの明日という不明な残された未来があるのだ。冤罪を恐れ、吊革に両手を掛けたり、カバンを胸元に両手で抑えたりするなどして、自己防衛に努める男たちの悲哀がある。女は専用列車に乗ってくれ。専用列車でも、女は油断できない。女を愛する女がいるからだ。蛇足ながら、そこまで深読みする必要性はないだろう。男は、会社に到着する前に、すでに目の前の敵と戦わなくてはならない。会社では、同期との出世争い、外では競合他社との熾烈な販売合戦。上司と部下の板挟みとなる中間管理職は、長時間労働を強いられ、残業代も付かず、実績の成果だけが求められる。ストレス解消で、会社の女子社員に冗談の一つも言ってみたくはなるが、セクハラだ、パワハラだと訴えられたら困る。不倫するほどの勇気もない。それ以前に、女にモテはしない。例え浮気がバレ、女房に離婚だ、慰謝料だと言われても困る。危険な火遊びはできない。人生一度きりとは言うものの、平凡に生き、大きな冒険は、小心者には疎遠である。

会社生活に不安を抱き、不眠症やうつ病になってしまう者もいるかも知れない。切り捨てられた労働者。最悪、自殺に追い込まれてしまう人もいる。厚生労働省から労働災害と認可されても、死んだ命は還らず、本人や家族のためにはなるまい。新聞やテレビ・ラジオの報道では、語られもするが、洪水のような情報量の多さの中で、いつの間にか忘れられてしまう運命にある。不条理の声を大にして訴える遺族が、マスコミに取り上げられ、また裁判闘争に持ち込み、世論の後押しなどもあり、行政を動かし法改正に結びつくことも稀有にはあるだろう。事が起こらないと前へ進まない政治・行政は不要の産物だ。

生誕二〇〇年のマルクス先生は、この現実をどう見ているのだろうか？　資本主義社会の構造的問題だと、一言で切って捨てるだろう。サラリーマン残酷物語だ。高齢化と少子化を抱える日本。労働力人口の減少の解決策は、外国人労働者の導入と女性労働者の拡充・定年延長なのか。年老いて、働きたくない労働者は、いつまで働かされるのか？　年金受給年齢も将来引き上げられようとしている。これからは、積み立てた年金を受け取れずに、亡くなってしまう国民も多く出現して来るであろう。抜本的財政再建が急務だ。

格差不平等社会が拡大され、ブラック企業も台頭して、貧富の二極化が進む中、投資としての仮想通貨に走る者がいる。大きな利益を生むこともあるが、リスクも大きいことを覚悟するべきだ。その末路は如何に？　大手金融機関などを中心に、時代の趨勢として、仮想通貨及びキャッシュレスの時代がやってくると予想されている。金融システムの再編成時代の到来も、間近なのだろう。同時に、法的整備の確立も急務だ。金本位制度は、廃止され今や、遠い昔の産物だ。

中年のサラリーマンは、家庭では、古女房に気を使い、親の言うことを効かない反抗期の息子や娘に悩まされる。逃げ場のない男たちは、新橋のガード下の赤ちょうちんで、チューハイの安い酒を一人で、あるいは同僚と飲んで愚痴をこぼす術しかないのか。酔いどれて飲むほどの小遣いもない。臍繰りは、古女房が溜め、豪華なランチを主婦仲間と食べている。夫は、ワンコインの路上販売店で弁当を並んで買って食べている。男は、長年のセックスレスの夫婦生活で、何を楽しみに生きて行けばいいのだろう。かつては、給料運搬人としての夫の価値や存在感もあったが、給料振り込み制度により、夫の地位が揺らぐようになった気がする。良妻は、夫を立て家庭生活を円滑に運営するであろう。一方、悪妻は、夫の退職と同時に、妻から待ってましたとばかりに、離婚を突きつけられ、慰謝料を請求される。そんな裏切り行為に、途方に暮れる夫もいるだろう。男は会社一筋で、育児・買物・料理・洗濯・掃除など、家事を一切してこなかった。この段に及んでつけが回ってきた。これが、男にとっての最悪のシナリオだ。

列車のカーブによって、大きく車内が揺れ動き、窮屈な態勢が一時解放される時がある。満員電車の中で、自分の微妙な立ち位置を確保することは、容易なことではない。

女が比較的空いた車内を見渡すと、座席には男も女もスマホに夢中だ。下を向き、スマホに指を走らせている。ゲームあるいは、メールを打っている。それが今、急いでやるべきことなのか？　彼らにとっては、時間の有効活用と思っているのだろう。暇つぶしの何物でもないような気がする。まさに没個性。乗客たちは、十人十色ではない。同じ行動様式が異様に映り恐怖感さえ覚える。そこには乗客の顔が見えない。一方、吊革の中年の男は、日経新聞に目を走らせている。渋い顔で記事を読んでいる。日経平均が悪い中、如何に経営戦略を立てるのか？　思案しているようにも思われる。

ある若者は、両手を吊革に伸ばし、耳に掛けた大きなヘッドイヤホンの隙間からラップ音楽が漏れ、周りに小さく流れてくる。彼はラップに合わせて身体を動かしながら、車窓から見える晩秋の風景を眺めている。

専用座席には、乳のみ子に胸を隠しながら、母乳を飲ませている若い母親がいる。この子の未来を託し、明日に向かって逞しく生きている母親の姿がある。

老人は、専用席に深く座り、目をつぶっている。顔に刻まれた皺には、人生の深さを物語っているようだ。その姿から、老人の来し方や生きざまが浮き彫りに見える。

女は、ドアの傍のポールに身をもたれ、車窓から都会の乾いた風景をぼんやり見つめている。女は男の視線を背後や、左右から感じている。獲物を狙う獣のぎらついた視線だ。女は緊張感はあるものの、襲われることはないと思っている。

新宿の超高層ビルの遠方には、富士の山頂に冠雪が見られる。夏の陽に焼けた肌から、いつの間にか季節が移り過ぎ、葉を落とした枯れ木の並木が目立つ晩秋を迎えている。

列車は、明治神宮の杜を通り過ぎ、原宿駅のプラットホームに滑り込んできた。若いファッショナブルな女たちが、降りてゆく。アパレルの女店員、デザイナー、学生・フリーター・サラリーマン等々。彼らは足早に階段を下りて消えてゆく。女学生たちは、竹下通りを散策しながら、ウインドーショッピングを楽しんだりして、青春を謳歌しているのだろう。

渋谷駅に到着する。車内の大半が入れ替わる。皆、無表情で吐き出され、また新しい古い人間が乗り込んでくる。駅前のスクランブル交差点は、テレビ中継で映し出される映像と、同じ人や車の動きが見られる。１０９や文化村に向かう若者もいるのだろう。車内アナウンスが流れる。過剰と思われる説明は不要だ。騒音・雑音、音の不協和音の洪水は不快だ。澄み切った湖に、小石をひとつ落とすぐらいの静寂さが良い。そんなことは、大都会の生活の中では望めない。否、探せば幾らでもあるのかもしれない。平日の新宿御苑、明治神宮、浜離宮等々。ひっそり咲く名もない草花の中で身を置いてみたい。都会生活で渇望した心の中を清らかに浄化したい。

品川駅。東海道線・京浜急行・JR各線・バス・TAXIなど赤・白・青・黄色で賑わうターミナル駅。ブリキやアルミ・鉄のおもちゃのような車両が行き交う。人の波も列車が到着するたびに、人の文様を大きく塗り変えてゆく。銀色の迷路のような線路が入り乱れ、緻密な時刻表に沿って、数十秒の遅れや乱れもなく運行されている。技術力と国民性の結晶が、ダイヤモンド時刻表に結びついた。外国から見たら、鉄道王国、プレミアム国家日本と言えようか。われわれは、新聞配達人が毎日、新聞をポストに投函されることが当然かのように思うのと同様、鉄道が規則正しい時刻表を守ることが、必然かのように考えている節がある。そうした鉄道員の努力を享受しながらも、多くの人は、感謝もせずに暮らしている。

列車がすれ違う上下線。風圧を感じながら、向かいの列車の乗客たちを見ると、列車の揺れが、ゆりかごのようになって、気持ちよさそうに眠り込んでいる乗客がいる。吊り革の客たちは、どこか日常のけだるさを引きずりながら、今日を生きているようだ。今日を生きることは、死へのカウントダウンにまた一歩近づくことなのだ。知ってか知らずか、男も女も担保を持たずに生きている。

北朝鮮の核ミサイルが、東京を直撃するかもしれない。また無差別テロの恐怖も付きまとう。直下型大地震が、東京を襲い、大火災で火の海と化し炎上する首都。東京湾からの津波が、銀座・数寄屋橋・皇居まで押し寄せて来たら、想像を絶する大パニックとなろう。東京スカイツリーに避難するにも限度がある。ライフラインが断たれ、交通麻痺・物流が動かない。首都機能壊滅だ。幻想が、現実にならないように祈るしかない。

どれだけの時間がたったのであろうか？　分からない。列車は浜松町に到着する。赤いブーツの女は、浜松町駅からモノレールに乗り込む。羽田国際空港国際線ビルまでの一七分間の旅である。モノレールは、ゆりかもめと違い、無人運転していない。ワンマン運転である。車内には、ビジネスで海外出張に旅発つサラリーマンや、観光旅行客、ＣＡの姿も見受けられる。昔のＣＡと比較すると、最近の日本のＣＡは、例外もあるが、美人よりも体力のある丈夫な女性が多いようだ。勿論、洗練された目を見張る美人のＣＡもいる。スタイリッシュで気品のあるＣＡは、プライドも高く近寄りがたい。勿論、三拍子揃ったＣＡもいる。美人で英語が堪能、仕事もできる。仕事では、サービス業に徹し、自己否定しているかのように、乗客とのレスポンスはそつがない。営業的微笑も忘れない。だが、客は笑顔に隠された真偽を見分けることは、容易である。失礼乍、器量が良くないＣＡでも真心が籠ったサービスを受けると気持ちが良いものだ。

モノレールの外は、首都高速が走り、スーパーカーの未来車だったソーラーカーが、今何十台も併走している。時代は、電気自動車など低公害車や自動運転車が主流となっている。東京湾上空を、銀色の翼を広げた鮫のようなジャンボ機が何機も飛び交っている。赤いブーツの女は、ＮＹ行の搭乗口までカバンを持って歩いている。

突然、女は頭を抱え込み立ち止まる。女は頭の中に内蔵されている、パソコンのキーボードを頭の中で、機関銃のような速さで文字・数字・記号を打ち込んでいる。何が起こったのか？どこからか女の身体にコンピューターウイルスが忍び込み、データーを錯乱させ破壊しているのだ。ＩＴ技術や人工知能を駆使して完成させて生まれたこの女。クローン人間ではない。身体のパーツは、毛髪・水晶体ガラス・樹脂やシリコン・ＦＲＰ等のマテリアルを使用して、限りなく人間に近い姿に復元している。見た目は立派な人間と遜色ない。ＩＱの高い優秀な若い女の亡くなった脳を、長いこと冷却保存して、必要な時期に、この女に移植した。身体には、超小型スーパーコンピューターも内蔵している。勿論、何か国語も話すことが出来る。相手との双方向会話も自由だ。相手の表情から、感情を読み取ることもできる。歩行・走行・ジャンプ・キック・突き・バク転なども可能だ。武道にも優れ、空手・柔道・剣道・合気道・ボクシングなど格闘技を身につけている。相手からの攻撃にも十分戦えるだけの戦闘能力を持っている。武器を使用することもできる。相手の行動を何手も先を読み、対応できる。無敵だ。女と言えども力はある。一撃必殺だ。勝負は短ければ短いほど良い。自分を守るためだ。無駄な時間の浪費は己を傷つける。航空機でさえ操縦が可能である。マニュアルに基づいて、自動操縦・安全運航が出来るのだ。ロボット化で大幅なコストダウンも可能となる。

この女の脳には、世界百科事典はじめ、日本語・英語・仏・露・スペイン語・サウジアラビア語の辞典はもとより、世界史・現代史・地理・政治・経済・芸術文化・音楽・スポーツ・数学・化学などあらゆる分野の知識が網羅されいる。知識だけでなく、応用回答もできる。男・女・ユニセックスの使い分けも容易に切り替えられる。夢のようなロボット人間だ。このようなエセ人間のロボットが、多様化して大量生産されてゆくと人類は、滅亡の危機に陥るのだろうか。人間とロボット人間の戦いの歴史がこれから始まるのだろうか？　否、共存してこの地球を生きていくことになるのだろう。それは人類にとって、進化か退化なのか。赤いブーツを履いた女は、ロビーに崩れるように倒れたまま動くことが出来ない。身体がウイルスに侵されてしまったのだ。

秘密警察・ＣＩＡ・ＵＦＯの仕業なのか。果たして、再生は可能なのだろうか？　この事態を、周囲の人たちは、女を遠巻きに囲っているだけで、どう対応してよいのかわからない。この女は、何処から来て、何の目的で、どこへ出かけようとしていたのか？　誰にも分からない。赤いマニキュアの指先には、ＮＹ行の搭乗券が握られていた。遠くで救急車のサイレンの音が聞こえてくる。

## 二　吉原遊郭哀史

甲州の山深い寒村。雨風を防ぐだけのバラック小屋が、山の中腹に四・五軒ひっそりと建っている。

小屋の外には、鶏が五羽とヤギ一匹が放し飼いにされている。遠くで小さな女の子が二人、野花を摘んで遊んでいる。また、自給自足するためのやせた僅かな畑と小さな田んぼがある。

鶏が、パタパタと慌ただしく、音を立てて羽ばたいて逃げている。

「定吉！　借金を取りに来たぞ！　開けろ！」

男は、大声で破れかけている障子戸を叩いている。髭面の与太は、体格が良く眼光が鋭い五〇代と思われる男である。障子戸がゆっくり開《あ》くと、中から痩せ細った男が出てきた。

「あっ、旦那様、もう少し待ってくださいませんか。必ずお返し致しますので」

「昨年から何度も貸した金は、溜まって十両になる。もう春だぞ。いつ返すんだ定吉！」

「へぇー。……」

「ところで、お前のところには、娘がいたな」

「ええ」

「幾つになった？」

「一三です」

「そうか。……」

男は、下心のあるいやらしい目つきで、薄い笑みを浮かべ
「若し、来月まで金が返せなかったら、娘を貰ってゆくぞ！　いいか？」

「それだけはお許しください。旦那様」

「だったら、来月まで必ず耳を揃えて、金を用意して置け！　分かったか！」

定吉は、金を返す目途もなかったが、

「へえ……」

と力なく男に頭を垂れるしかなかった。

定吉の家族は、三つ年下の四〇半ばで、器量の良い女房綾乃がいる。二人の間には、一六歳の長男・さぶを頭に、妹が三人いる。長女志のぶは、一三歳。その下には一〇歳のてると八歳の加代がいる。生活はいつもギリギリの貧困家庭で、生きて行くことがやっとだった。

昨年から、天候が不順で、作物も不作であった。

生活苦のため、どうしても借金を繰り返していた。

瞬く間に一か月が無情に過ぎた。

「定吉！　開けろ！　俺だ」

いつもの男が、外で立っていた。

「金は用意できたか？」と家の中にずかずかと土足で入り込んで来た。

「それが……」

「何？　貴様、俺を馬鹿にするのか。この野郎！　いい加減にしろ！」と定吉の胸ぐらを、掴んで凄んでいる。男は、定吉の胸ぐらを離すと、さして広くもない家の中を物色する。奥には、定吉の女房の陰に震えて隠れている娘志のぶがいる。

「この娘か。一三歳の娘は？」

「へえー」

「ほう、器量がいいな。定吉の子供にしては上玉だ。べっぴんだな。この娘なら身代金は高くついて売れるぞ。喜べ定吉！」

「旦那様、お許しくださいませ。この子はまだ子供です」

「一三にもなれば立派な女だ」

女房の綾乃は
「堪忍してくださいませ。この子だけは困ります。この子の代わりにどうぞ、私を身代わりにしてください！　お願いします」

必死に男に懇願する綾乃だが、

「ふざけんな。この女《あま》！　誰が、お前のような年増を買ってくれるんだ」

険悪な空気が、部屋を包み込む。子供たちはこの状況をじっと黙って耐え忍んでいる。長男のさぶは、男をじっと怨念をもって睨み返していた。

「お前ら、可哀そうだと思ったら、さっさと借りた金を早く返せ。俺は何時までも待てねぇ。今日こそは、この娘を絶対連れて俺の家へゆく。廓には、この娘を渡すまで、俺の家に宿泊させて、宿泊料と支度料をがっぽり妓楼から頂く。俺がじっくり娘を教育してやるからな、心配するな。定吉、そのうちに身代金を持ってくるから楽しみに待っていな。これで借金は帳消しだ。お前の取り分もちゃんと渡すからな。安心しろ！　年季は一三年も務めれば、家に帰れるぞ。この娘は、器量も良いし、運が良ければ、身請けもあり、玉の輿も夢ではないぞ。定吉、良い子を産んだな」

ハァ・ハァ・ハァ……と高笑いをする女衒《ぜげん》。

「おかあちゃーん、こわぁいー」

娘志のぶは、母親に縋《すが》り泣きじゃくっている。

家族は、震えながら、呆然として立ちすくんでいる。女衒の与太は、志のぶの手を乱暴に取り、引きずって表へ出てゆく。

「やだ、やだよー。助けてよー、おかあちゃん！　お父ちゃん！　怖いよー」

諦観の表情で、見守るしかない家族だった。自分たちの貧困故の無力さを、まざまざと見せつけられた。

娘志のぶの泣き声が、山間に哀しくこだましている。春浅い夕暮れ時だった。

この山村では、女衒与太が、農家に娘たちを買い出しに来ることが多かった。村でどれだけの娘たちが、売られて行ってしまったのだろうか？　どこの親も、生活苦から子供を喜んで身売りに出す者はいないだろう。与太を必要悪と思っているものはいないのだ。村人の誰しもが、与太に対して憎しみの気持ちを持っている。借金さえなければと、唇を噛む村人が多いのも事実だった。

かといって、自分たちの生活は、一向に良くならない。贅沢をする訳でもなく、一日一日を必死に生きて行くしかない。娯楽のない村人達のせめてもの楽しみは、夜の営みだった。その結果、子供がいつのまにか増えてしまう。大家族では、食生活も苦しく悪循環が続いてしまう。慰めは、家族の明るい笑顔と、大自然からの贈り物である。真っ赤に昇る朝日から、生きるエネルギーを貰い、西の空に赤く空を染めて落ちてゆく夕陽に、一日の終わりを知り、満天の夜空に散りばめられた輝く星たちと満月にしばし感動を覚える。

朝から、さまざまな小鳥たちが、山間でさえずり、季節に色を添えてくれる。また、四季折々の輝く樹木たち。梅や桜、木蓮、紅葉《もみじ》など、新緑や紅葉の美しさを身近で知ることが出来る。この雄大な自然は、等しく貧乏人たちにも天は、恵みを与えてくれる。自然に対しては、打ち砕かれて荒れ果てた心が、どんなに癒されていることか。見慣れた風景であっても、季節の移り変わりは新鮮で大変感謝している。

身代金は、一三両ぐらいから五〇両ぐらいと言われていた。時代と娘の器量などによっても左右される。その取り分は、廓と身売り側と間に立つ、女衒が搾取する構図だ。身売り側の手取りは、証文の六割位だった。女衒は双方から、一割ずつ取っている。

幾月が経ち、与太は身代金と吉原の証文を持って、定吉の家を訪ねてきた。定吉は、まとまったお金は入ったものの、娘のことを考えると、不憫でやりきれなかった。

「定吉、娘は評判がいいぞ。白い飯も食べられ、きれいな着物《べべ》も着れる。ここの暮らしに比べたら、月と鼈《すっぽん》だ。遊郭は天国だぞ。喜んで俺に感謝しろ」

定吉は、何が感謝だ！　天国だと？　腹立たしく思い、強くこぶしを握っていた。年輪のゆかない娘は、年上の遊女に教育され、花魁の身の回りの世話などを経て遊女として店に出される。客が付けば、断ることも出来ず、見知らぬ男に、毎日入れ替わり、身体を開かなくてはいけない、恥じらいと屈辱を余儀なくされ、人間性を全否定されている。きっと地獄の日々だろう。こうした状況に耐えきれず廓の女は、自殺する者も後を絶たない。足抜けなども、大門には、見張り番がいて出来ない。

この寒村でも、廓の予備軍の娘たちが、何十人もいる。時代が移っても、社会的底辺層である弱者は、哀しいかな再生産されてゆく構造は変わらない。

吉原の創設者は、庄司甚右衛門である。彼は、周辺の娼家を集めて、遊女町の創設を徳川幕府に何度も申請した。元和三年（一六一七年）五箇条を条件に認可された。吉原の遊女は、初めて公娼となった。私娼は売女といった。吉原が出来る前は、皆私娼だった。

幕府から日本橋（現・人形町一円）に二丁四方の区画を提供された。それまでは、遊女はどこへでも行って稼げていたが、吉原以外での営業を停止させられた。廓には、一日一夜で連泊禁止。衣類は、紺屋染めで贅沢な着物などを禁じた。また江戸の格式を守れ。不審者は奉行所へ訴えろ。などが条文化されている。幾つかは空文化した条文もあるが、江戸が終わるまで続いた。

吉原は、旧吉原（日本橋）と明暦三年（一六五七年）の大火災で新吉原（浅草寺裏の日本堤）に移転した歴史がある。新吉原は尾張の国の知多郡の人が開設したという。

江戸中期には、人口の三分の二が男だった。江戸市内には、男社会という背景の中で、遊女屋が各地に点在していた。吉原だけでも数千人の遊女がいた。諸外国に於いて、一か所でこれだけの公娼が存在することは、例を見ないことだろう。

吉原の歓楽街の正面には、木造の半円型の黒塗りの大門がある。出入り口は、管理上一か所だった。吉原炎上の時は、周囲からも消火作業の協力を得られず、狭い大門に遊女たちが殺到し、大混乱を招き大勢の犠牲者が出た。大門には、門番所があり、門番や奉行所関係者が、二人づつ、詰めていた。彼らは、人の出入りを昼夜監視していた。遊女たちは、自由を奪われ監禁状態であった。

吉原の法律として、元禄七年（一六九四年）大門に高札が立てられた。吉原以外での私娼の営業を禁止した。幕府から、吉原は私娼摘発の権限を与えられていた。また、槍や長刀は門内に持ち込みが禁止された。武士は刀を持って入ることはできたが、部屋に上がる時は、丸腰で刀を帳場に預けていた。また、医者以外、馬の乗り入れも禁止された。

吉原は、昼夜を問わず営業していた。遊女は過酷な仕事を強いられていた。当時は、避妊具もなく、梅毒・淋病など感染症の病気に見舞われる遊女も数多くいた。梅毒により、脳・骨・臓器を蝕まれ、合併症を起こして、死亡する者、精神異常となり、自殺者も後を絶たなかった。病気になると、年季が明けていないのに、使い物にならないと判断すると、遊女を無情に切り捨てる妓楼もいた。また、妊娠した遊女は、ほとんど堕胎していた。冷水に長い時間浸かったり、ほおずきを使用したりして対処された。子供を産んだ遊女は、男ならば、里子に出した。女の子ならば、廓で育て、将来は遊女にした。廓の論理がここでも優先されていた。

年季は、人身売買を禁止することから生まれた制度である。しかし、抜け道もあり、名目上、養子や養女に向かい入れ、奉公人として一生働かせるという悪質な方法を生み出した。

また、莫大な借金の返済に、生理日でも自身が生理の工夫をして働かされた。非人間的な扱いに遊女達は、痛め付けられ泣かされた。絢爛豪華な花魁の表の顔とは裏腹に、「下級遊女残酷哀史」がある。

吉原に夜のとばりが灯るころ、通りの両側には赤い提灯がつき、一層、艶のある色町遊郭に変貌する。中でも「金瓶楼」は格式のある遊郭だった。大名・豪商などが利用していた。

遊郭の格子越しには、厚化粧した色っぽい着物姿の遊女がぞろりと並び、道行く客に流し目で「ちょいと、お兄さん寄っていらっしゃいな」などと声を掛けている。江戸の町民はじめ、江戸への旅人や、武士の姿も見掛ける。武士は、編み笠を深く被り、顔を隠しながら今夜の相手の遊女を物色している。武士の力が衰えてくると、客層は町民が中心となる。特に豪商が幅を利かすようになった。

紀州みかんを江戸に運び、販売して財を成し、後に、江戸幕府ご用達の材木商となる元禄の成金商人、紀伊国屋文左衛門は、遊郭で豪遊を繰り返していた。彼は、豪商の奈良屋茂左衛門と吉原で競い合っていた。紀伊国屋は吉原遊郭の貸し切りを何度も行った豪快な男だ。けた外れの豪遊ぶりには驚愕する。吉原で千両・二千三百両も散財したと言われる。彼は一代で巨万の富を蓄え、その富を使い果たした。一方、下級遊女たちは、驚くほどの僅かな金銭で客に身を売っている。この異様なまでの格差・不平等をどう理解したらよいのだろう。貧富の差があまりにも大き過ぎる。時代・歴史の悪戯と済ますことはできない。また、その周辺を取り巻く人間模様にも、欲と金だけの世界を感じてしまう。不条理な現実が、歴然と横たわっている。年季明けまで、身を粉にして働いてる遊女がいる中で、一握りの豪商が、湯水の如く金を使い豪遊している姿は許せないものがある。二千両もあればどれだけの遊女を救えたのであろう。人間の愚かさを覚える。一人の力では、到底に時代を動かすことが出来ない。

「吉原細見」には、遊女の階級と揚代金が記載されている。階級的には、太夫が最高級遊女で格別の存在だった。太夫は、大名道具とも言われ、大名・旗本などが通い訪れていた。太夫は時代の最高教育を受けていた。和歌はじめ、茶道・漢文も読め、文章も書ける。「源氏」「竹取」なども愛読していた。琵琶を奏でる者もいる。武家・公家の間でも、太夫ほどの教育を受けた者はいなかった。従って、民衆・町人などは、とても手の届く存在ではなかった。太夫・格子・端の三階級があった。花魁は、太夫・格子・端が消滅後、即ち宝暦以降、最高級遊女となる。花魁は、良家妻女以上の見識と資質を持っていた。寛文に散茶が生まれ、定亭・元禄で、むめ茶・局（五寸局・三寸局・なみ局）。享保で次が生まれた。これで八階級となる。

太夫は、大名・地主・豪商でも気分次第で袖にすることが出来た。太夫（花魁）級を買うとなると、物凄い出費がかかる。先ず揚屋に呼び、太夫と顔見世をする。太夫は、禿（かむろ）や花魁の見習い振袖新造など一〇人位を引き連れ、揚屋で酒宴を開く。また呼んでもいないのに、芸者・幇間（男芸者・太鼓持ち）などが座敷に顔を出して宴を盛り上げる。また揚屋の亭主・妻、娘・女中までが挨拶に来る。彼らにも祝儀の花代を包む。また、花魁の衣装の他に、新造や禿の衣装まで負担することもある。「台の物」というオードブルのようなつまみが、一分という途方もない値段で付く。この段階で、既に十両は掛かる。一日目は、太夫の身体にも触れずに終わる。二度目は、妓楼で酒盛りをする。そこにも太夫の他に、若い衆からやりて婆《ばばあ》まで呼び、祝儀を渡す。「台の物」も前回同様に出てきて、客は好きなようにぼられる。揚げ代は、前回の一倍半と言われる。この段階でも、太夫と枕を一緒にすることはできない。三度通って初めて「馴染み」

となり、寝て貰える。その時に、「床花」として祝儀を払う。従ってこの日も十両程の出費となる。つまり、太夫と寝るには、四・五十両は支払うことになる。今のお金に換算すると、四・五〇万円相当になる。時代などにより、一〇〇万・二〇〇万の時もあったようだ。要は、金の有るところから、好きなようにぼったくる。その後も歳暮などを贈り、馬鹿にならない程お金が掛かった。それを承知で、これが廓の醍醐味だと粋がっている客たちがいたのだ。

遊女の身請け制度もある。妻や妾として身請けするのである。太夫の身請け金ともなると、三百両、三百五十両、千両、千五百両と途轍もなく高額であった。高尾太夫の身請け金は史上最高額の二千両と言われた。その金額の根拠は、借金の残りと遊女の予想収益金が加算された。楼主は、身請けを大歓迎した。何故なら、この時とばかりに暴利をむさぼることが出来たからである。身請けは遊女にとっても、玉の輿だった。やっと、人間らしく生きられる保証が確保されるからだ。

太夫には伝説的な人がいた。二代目吉野太夫である。才色兼備の女性で、俳諧・和歌・茶道・書道・囲碁にも精通し、琵琶を演奏する天才太夫だった。彼女は一四歳で太夫となる。井原西鶴の「好色一代男」にも登場する。彼女は、超出世街道を駆け足で昇りつめた。国内だけでなく、中国でもその名声が届いていた。二六歳で結婚して三八歳の短い生涯で亡くなった。

定吉の娘志のぶは、吉原に売られ、店に上がるまで、いろいろと花魁の身の回りの世話から、教育まで受けていた。江戸へ来てからも、志のぶの幼い心の中には、いつも甲州の両親の顔や兄妹たちの姿、故郷の山間の風景ばかりが目に浮かんでは消えて行った。思い出す度に、何度も泣いていた。これから遊郭で、何十年も年季明けまで仕事を続けることは、私にとってはとてもできない。辛いことだ。女中として、奉公をすることは幾らでもできるが、自分の身体を売って、一〇数年も同じ遊郭で暮らすことなど、想像できない。初めは、みんな私と同じ思いでいるのだろう。だが、やがて制度の中に身を置き流されて、諦観と変わり、人生を惰性で生きて行くしかない心境に陥るのである。志のぶは、遊郭で働く花魁や遊女たち、客として訪れる町人や豪商たちの行動を見ていると、とても耐えられる状況ではないことを知る。

同じ年の連れられてきた娘たちに、悩みごとを相談することもできずにいた。例え相談したとしても、所詮無駄だと思っていた。労働環境の最悪な場所で、何ができるというのだろうか？　夢も希望もない暗黒の生活の中で、これから先、何十年という膨大な歳月は、余りにも過酷で残酷だ。足抜けなど、とてもできる状況ではなかった。逃走を試みても、多分箇単に捉えられてしまうだろう。その結果、厳しい拷問など受けて半殺しにされてしまう。そんなことを考えると、自ずと道は一つのような気がした。即ち、自らの命を絶つしかない。苦渋の結論だった。それでは、いつどういう方法で実行するのか考えていた。台所にある刺身包丁を夜中に盗み出し、一気に心臓を刺して死んでしまおうか。廓は、大騒ぎになり、部屋は真っ赤な鮮血の海と化すであろう。生き地獄の中では、そんな考えも自然と浮かんできた。壮絶な光景が、志のぶの脳裏に浮かんでは消えていった。

江戸へは、女衒に連れられて、桜の散りかけた晩春に来た。そして、志のぶの気持ちと同化したような、じめじめとした、憂鬱な梅雨が過ぎていった。廓では、見知らぬ中年男や初老の男たちに抱かれた。男に抱かれながら、何度枕に涙を流したことであろうか。男たちは、ぎらぎらとした欲望の塊の中で、私の中で果てて行った。季節は、暑苦しいむしむしとした夏を迎えた。廓の外の木には、蜩がカナカナと哀しい声で体を震わせて鳴いている。蝉の短い命は、志のぶと重なるようだ。志のぶには、相変わらず廓の風景は、暗く淀んで虚ろに見えていた。花のお江戸とは、ほど遠い都だった。廓の大部屋では、女郎たちが浴衣をはだけて、七・八人が無防備な姿で雑魚寝をしている。仕事の疲れからか、いびきを大きくかいている者もいる。彼女たちは、どんな夢を見て寝ているのだろうか。寝て居る時だけが、誰にも束縛されず、邪魔されない、自分の自由な時間なのだ。眠りこそわが命なのか。この眠りから覚めると、また過酷な現実が待っている。置かれた環境の中で、開き直って生きるしかない遊女たち。部屋の片隅に志のぶがいた。寝苦しい夏の夜中に、ひとり起き上がり、浴衣の紐を腰から取り外した。予め準備していた細い帯を持って、花魁道中の練習に使う、長くて暗い廊下の奥にある、憚《はばか》り（便所）へ向かった。この回廊は、志のぶにとって人生の終着駅であると思うと、何故か涙がとめどもなく流れ落ちていた。憚りの小窓からは、三日月が濡れて光っていた。あの満天の星屑の中に、私もこれから旅立とうとしている。柱と柱の間にある梁に腰ひもと帯を通して首に巻き付け結わいた。首が苦しい。「おかあちゃん、ごめんなさい」と心の中で叫んでいた。これで私の人生も終わりだと思った。これから間もなく訪れるであろう死の世界とは、どんなところなのだろう。お花畑に蝶が舞い、きれいな小川も流れているのかしら？　亡くなった人は、どんな姿をしているのだろうか？　三年前に亡くなったおじいちゃんに会えるのだろうか？　生きていた時と同じ姿なのだろうか？　足はあるのだろうか。それとも魂だけが火の玉のように浮いているのかしら？　本当に天国と地獄はあるのかしら？　あるとすれば、志のぶは、どっちの世界に送られるのだろうか？　わたしは、この世で悪いことはしてこなかったつもりだ。だったら、きっと天国に上ってゆくのだろう。死への恐怖よりも、むしろあの世の世界の方が、興味深かった。私の短い人生は、幸せだったのであろうか。子供の時は、貧乏生活を強いられてはいたが、それなりに家族との強い絆があった。兄や妹たちと山で日が暮れるまで、真っ黒になって遊んだ思い出がある。そうした楽しい思い出に慕って旅発とう。短い時間にこれだけのことが、瞬時に頭を過った。死を直前にして、自然とありがとうという言葉が出た。今まで親に育ててもらった感謝の気持ちなのだろう。それと遊郭から解放される喜びの声だったのかもしれない。だが、己の死をもって、解放されるとは悲しいことでもある。

私は一四歳に届かぬ夏に、命を落とすのだ。便所コオロギが、死への前奏曲となって寂しく鳴いている。

甲州の実家には、数か月たって、女衒の与太から娘の自殺を知らされた。遺体は、浅草の寺に納骨されたという。母親の綾乃は、狂乱するほど泣き叫んでいた。あんなに幼くて、可愛い娘を死なせてしまった。親の責任を痛感していた。定吉も目には涙が一杯溢れ、流れていた。兄妹も、身近にいた志のぶの死を悲しみ、現実のものとして、受け止めていた。志のぶの死は、あまりにも切なくて、悲しい最後だった。さぶは、女衒が悪いのか、貧乏が悪いのかと真剣に考えていた。多分、両方悪いのであろう。だが、女衒がいなければ、志のぶが死ぬこともなかった筈だ。また、貧困農家でなかったならば、女衒もやってこなかったのも事実である。この因果関係は、需要と供給にも結び付いている。寂れた寒村には、またいずれ、女衒の与太がやってくる筈だ。さぶは、この村の娘たちを、妹のような思いを二度とさせたくはないと、真剣に考えていた。さぶが出来ることは一体何だろうか。両親の農作業に協力して、畑や田んぼで収穫できる作物をできるだけ沢山作り、借金をしないことだと思った。しかし、天候不順なども起こり得て、なかなか自分たちの努力だけでは、限界があることも事実だ。親が借金をしていたとは言え、人買いの与太さえいなければ、妹を吉原に売り飛ばされることもなかった。この集落の吉原予備軍の子供たちのことを考えた時、彼女らの為にも、さぶは、親に相談せずに、自分ひとりで与太を殺害しようと考えた。秘密裡に進めるしかない。だが、さぶは、一六歳で与太の屈強な身体に比較すると、あまりにも体力的に劣っていた。栄養不足のこともあるが、初めから、まともに与太と戦っても、勝てる相手ではないことは充分に分かっていた。それでは、他に方法はないのだろうか？　いろいろ思案していると、そうだ、鍋に毒キノコを入れて、与太に食べさせたら良いと思いついた。だが、どういう状況で、与太に鍋を食べさせたらいいのだろう。鍋を勧めても不審に思われないか？　自分も与太と一緒に食べ安心させて、与太が食べ始めてから、頃合いを見て隠し持っていた毒キノコをさりげなく鍋に入れ、食べさせたらどうだろうか。だが、毒キノコを食べさせた後、死体の処分には困るであろう。大男をどのようにして家から運び出して、土に埋めるのかと考えた。隣家たちの住民に犯行を知られても困る。与太のいなくなったことを知った女衒仲間たちは、必死で与太を探しに一軒一軒各家を虱潰しに探すことであろう。犯人を見つけ出した暁には、家を燃やされ全員殺されてしまうかも知れない。そんな危険な賭けはとてもできない。親に相談すれば、多分「お前、そんな恐ろしいことは決してしないでくれ！　さぶの気持ちも良く分かるが、犯罪人になってしまうぞ。そんなことをしても妹は、喜ぶわけがない」そんな声が聞こえてきそうだ。だが、俺は決して妹の死を無駄にはしない。彼らを許せない。大きな組織と闘うことは出来なくても、「一人一殺」ならできる。俺が仕事人になろう。機会をみて必ず実行してやる。相手はこちらの行動には気が付かない。女衒は油断していて、まさか命を狙われているとは思っていないだろう。そこが絶好の好機だ。不意打ちを打つ。どのような方法で、いつ実行するのか熟考してみようと思った。さぶは必ず機会が訪れることを信じることにした。妹の仇《かたき》だ。女衒は、人助けの為に仕事をしているかのように嘯ぶいているが、この恨みは必ず晴らしてみせる。さぶの決意は、揺るぎなく固いものがあった。その時をじっと待つしかない。さぶは、一人で秘策を考えていた。数日後、完全犯罪の案をやっと見つけ出した。

その時は、意外と早くやってきた。

いつものように、女衒の与太が、娘の買い出しにこの村にやってくることを知った。

その日は、朝からどんよりと曇った晩秋だった。午後になると、雲行きが急に悪くなり、ぽつぽつと小雨が降ってきた。時間が経つにつれ大粒の雨に変わってきた。雨の烈しさも次第に増してきた。家の前の峠道は、雨でぬかるんできた。雨は、やがて川のように峠道を流れ出している。さぶは、家の小窓から、女衒が、少し離れた隣の家から出てくるのを、息を殺して覗いていた。

「あっ、与太だ！」合羽を羽織り、激しい雨の中、峠道を急ぎ足で下ってきた。家の前で、足元が滑ったようで、よたよたとふらつきながら歩いている。山を下るまでは、まだまだ時間がかかる。与太は、途中雨宿りをするかもしれない。その前に決着をつけたい。さぶは、頭に手拭いをほっかぶりして巻き、合羽を身にまとい外に出た。家族は、奥の部屋で藁を打っている。さぶは、手に太くて長い丸太を持ち、女衒に気が付かれないように、距離を空けながら後をつけた。まさか、与太はこんな雨の中、後をつけてくる者など全く予想はしていない。与太は、ひたすら早く前へ進んで、下山することだけに集中しているようだ。人の足音も激しい雨の音では、消されて聞こえない。雨足はバシャバシャと一層音を激しく立てている。峠の長い曲がり角に差し掛かった所で、さぶは一気に勝負に出ようと思った。与太の後ろから襲い掛かり与太の背中を押し、谷底へ突き落そうと思った。多分、与太は不意を突かれて、勢いよく岩場の深い谷底へ転げ落ちて行くだろう。誰が突き落したかは、与太には分からない筈だ。合羽を着てずぶ濡れにほっ被りした男の黒い影が見えていただけだろう。さぶは万が一、襲撃に失敗した時には、持っていた丸太で闘う覚悟でいた。峠の急な曲がり角に近づくと、与太の姿が視界から消えた。与太の姿を発見すると、何と大人の熊が、与太に襲い掛かっている。与太は大声を上げ、必死にいつも隠し持っていた合口を晒しから取り出して、熊に向かって切りつける。熊は怯まず、与太の合口を持っている右手をガブリと噛み付く。右手から合口が落ちた。その後は、熊に頭や体を何か所も噛まれ、血だらけで生き絶え絶えの状態だった。与太は最後の力を振り絞り、大きな体で熊に突進した。熊は泥濘に足を取られ転倒し、与太と一緒に深い谷底へ転がり落ちて行った。谷底には、与太と熊が動かずに小さく見えた。

さぶは、与太の身体に触れることなく、目的を偶然に達成した。さぶは、この衝動的な結末に放心状態で強い雨に打たれ跪いていた。

与太は、壮絶な死に方で亡くなった。さぶの無念は果たされたが、第二の与太が、またこの寒村へ人買いにやってくるのだろう。

吉原遊郭は、今日も客たちで賑わっている。そこでは、今もいつもの行為が繰り返し行われているのだろう。

人間の欲望と金が渦巻き、需要と供給の必要性から、すべてが組織的役割分担で動く。それが、例え必要悪であっても、その論理は「悪法も法である」以上守らなければいけないというのだろうか。

庶民は、仕掛けに踊らされ、喜怒哀楽の人生を送っている。

吉原遊郭を炎上させ消滅させても、やがて新しい吉原が再建され遊郭が再現されてゆく。

「吉原遊郭哀史」はいつ終止符が打たれるのだろうか！

大きな時代の潮流の中で、庶民は生きて行かなければならない。

次の新しい日を見つめて
平成三〇年三月三日


参考文献
・稲垣史生著　時代考証事典　新人物往来社
・稲垣史生編　三田村鳶魚　江戸生活事典　青蛙房刊


## 三　ノッポのサリー

七色のスポットライトを浴びて、ＮＨＫホール満員のステージで、スターの男性歌手矢島ひろしが持ち歌のヒット曲を歌っている。その後方には、歌に合わせて、バックダンサーの女たちが五・六人で蝶のように舞いながら踊っている。真っ赤なロングドレスに身を包み、大きく割れた背中からは、鍛え上げられた筋肉が隆起している。足の割れたドレスからは、長くて白い美脚が覗く。妖艶でセクシーさが漂う大人の踊り子たちだ。レーザー光線が、舞台いっぱいに上下左右、斜めに烈しく動き、執拗に歌手やダンサーたちを責め立てる。ミラーボールも廻り、一層華やかなステージが展開されている。その中で、ひときわ目立つ沙織がいた。仲間内では、通称ノッポのサリーと呼ばれていた。

スポットライトが当たるのは、いつものことだが、当然スター歌手たちにだ。ダンサーはあくまで引き立て役で脇役なのだ。ダンサーは、歌手より目立ってはいけない存在なのだ。だが、歌に合わせて邪魔にならず、寄り添い離れて微妙な立ち位置で踊らなければならない。歌手の周りを乱舞する蝶のごとく可憐に花を添える。テレビの放映でも、彼女たちの姿は、遠景や全体の画像として写し出され、個人のアップは、ほとんど見られない。テレビに顔が写っても、顔のほんの一部で、瞬時に画面から消えてゆく。観客も踊り子たちは飾り物で、注目するのは、いつもスポットライトを浴びている歌手である。この構図は、当然のごとく変わらない。ダンサーたちも心得ている。彼女らは、音楽のジャンルに合わせて、歌謡曲・

演歌からニューミュジック、ブルース・シャンソン・ラップ・フォーク・民謡に至るまで、レパートリーはかなり広い。衣裳を替え、和洋両方の踊りが求められている。勿論、振付師たちの指導の下、スタジオで練習・稽古・体力造りに励んでいる。毎日余念なく、良い汗を流している。激しい練習後のシャワーの心地よさに、心も体も洗われている。この爽快感がたまらない。

沙織は、容姿端麗で小学生の低学年から、都内のダンススタジオでダンスを習っていた。中学三年生の時には、身長一メートル七〇を超える長身の娘だった。周囲の人からは、宝塚をすすめられていたが、女の世界だけで生きることは好んでいなかった。宝塚の規律が厳しそうなことも足を遠のかせていた。もっと、自由でのびのびと踊っていたいというのが本音である。宝塚の歌在り、ドラマ在りのミュージカルのような、華やかで煌びやかな夢を与える世界よりも、現実的な自分の踊りそのものに拘っていた。サリーは、手足も長くダイナミックな踊りが持ち味だった。身体を動かし踊ることが、三度の食事よりも好きだった。踊りの切れも良く、センスが抜群で、教師や仲間たちからも一目置かれる存在だった。踊りは、天性のものがあるのだろうか？　モダンからラテン・ジャズ・クラシックバレー・フラメンコ・

サンバ・ハワイアンなど一定以上のレベルで踊れる。覚えが良いのだろう。音楽に合わせて、身体が自由にひとりでに動き出す。黒人がジャズに身体を自然とスイングするように、サリーも同様な動き方をする。頭で覚えるより、身体で覚え、自然と反応してくれる。勿論、基本のステップを覚えることは当然であるが、基本をベースにアレンジできる才能をサリーは持ち合わせている。舞台は、振付師の指導やスタイリスト・服飾デザイナー・ヘアー・メイク・照明・音響・構成作家・演出家・舞台監督など総合的芸術力で成り立っている。サリーは、踊ることに生きがいを持っている。従って、学校で勉強するよりは、むしろ踊りに夢中な女の子だった。両親の反対を押し切って、都内の名門女子高校を二年で中退した。両親は世間体も気にしていた。

父親は、東大法学部卒の霞が関のキャリアである。将来、娘を高級官僚の嫁にでもしたかったが、中退したことで、その夢も断腸の思いで諦めざるを得なかった。一人娘に期待していただけに、両親の落胆も非常に大きかった。娘の高校中退は、母親にとって大変ショックで、一〇日程寝込んでしまったことがあった。母親は聖心女子大を卒業している。エリート家庭なので、世間体を気にしていた。せめて、高校卒業まで待っていて欲しかった。あと一年で卒業というのに、この一年が、今後の娘の人生にどう係わってゆくのか、娘にはもっと真剣に考えて貰いたかった。父親は、官僚で国会開催中は、答弁資料作成に夜遅くまで仕事をしていた。娘の子育ては、母親任せであった。母親も娘の中退を何度も引き留めたが、娘は聞き入れなかった。サリーは、子供の頃から、自分の信念を曲げない芯の強い娘だった。それは我儘とは違う。ポリシーのようなものと言ってよかった。世間体は気にしていなかった。

サリーは、ひたすらプロのダンサーを目指していた。スタジオでの練習は厳しいものがあったが、それ以上に踊る喜びを感じていた。サリーの夢は、思っていた以上に早く実現した。スタジオの教師やオーナーの紹介で、中堅の事務所に所属することになった。やがて、東京を中心に港区の親元から、テレビや舞台で仕事をするようになった。事務所は、踊れる美人ダンサーということで、モデル業を薦めたが、本人にはその気は全くなかった。舞台上で踊ることの喜びを満喫することが最高だった。

舞台を終え、仲間たちと舞台袖の控え場所に戻ると、出番待ちの三〇代前半の人気歌手阿川が、サリーに声を掛けてきた。

「サリー、今日も最高の踊りだったね」とウインクしながら、汗で濡れて光っている背中を軽く叩いた。サリーは、異性からボディータッチされることは、踊り以外では好きではなかった。だが、自然の流れの中でのタッチだったので、左程気にも留めず、笑顔で阿川に微笑みを返した。

「ありがとうございます」と軽く会釈する。

「今度食事に行きませんか？」大胆にもみんなの前で阿川はサリーに食事の誘いを勧める。

「……」

サリーは返事もしないまま、踊り子たちの控室に逃げるように戻った。

ダンサーたちは、真理子の二四歳を筆頭に、二三からサリーの一八歳までと若い集団だ。

控室に入るなり、
梨花「サリー、勿体ないわよ。断ることはないわ。食事位大丈夫よ」

真理子「止めといた方がいいわよ」

夏美「そうよね、あの歌手、プレイボーイなんだから。気をつけなさいね」

江梨子「ちょっと可愛い子だとすぐに手を出すという評判よね。夏美」

夏美「よく噂には聞くわよね」

梨花「でも、有名歌手と噂が出るなんてよくない？」
江梨子「相手によるわよね」
五人は、控室の中央にある大きなテーブルを囲み、思い思いの席に座り雑談を続ける。
夏美「芸能界の一部の俳優・芸人・歌手などは、遊びも芸の中だなんて粋がっている人も多いわよね。自分の顔と実力と相談して口説いてみろよと言いたいわ」
江梨子「有名人に弱い女も世の中には一杯いるから、彼女たちはいいカモよね」
真理子「そうね、いつの世も、その道の実力者や有名人に群がる女たちがいることも事実よね。彼らを利用して仕事を取る。そのためには身体を売る。目的達成のためには、手段を選ばない娘がいても不思議でないわ」
江梨子「所謂、枕営業ってやつでしょ」
真理子「ええ。最近は、パワハラ・セクハラが一般に認識され、ハリウッドでもセクハラが問題になっているじゃない。女たちも最近は黙っていないのよ。有名女優も強くなってきているわね。彼女たちは、若い頃の無名時代に被害にあっていたのよ。当時は、社会的にもセクハラ・パワハラがあっても、あまり問題視されていない時代だったのよ。強姦されても、力関係で訴えることが出来なかったようね。被害者は報復が怖かったのね。中にはお金で解決したこともあったようだわ。あれから何十年も経ち、暗い過去を引きずりながら、彼女たちは成熟した大人になった。そして地位も確立して決断した。泣き寝入りしないで実名で訴え始めたのよ。勇気のいることだと思うわ。一人が名乗り出ると、連鎖反応が起こった。私も被害にあったという女優たちが次々と現れた訳よね」

江梨子「先輩、流石に博識ですね。日本でもスポーツ選手と指導者の間でいろいろと報道されていますよね」

真理子「スポーツの世界は、古くから上下関係が厳しく、上の人の意見は絶対服従だという世界じゃないの？」

梨花「そうですよ。パワハラなども、どこで線引きするか難しい時がありますね。中学生の時、卓球部に入っていたんです。一つ二つ年上の先輩が、偉そうに下級生を指導するの。彼らに本当の指導力はあるのだろうかと疑問はあったけど、当時は空気を読んで従うしかなかった」

真理子「指導の下に、隠れ蓑としてパワハラ・セクハラが行われたらたまらんわ」

今迄沈黙していたノッポのサリーが、テーブルの上に置いてあるジュースを飲み終えると口を開いた。
サリー「男と女の関係は面倒みたいね。私には関係ないわ」
一八歳のサリーは、まだ男を知らない。
梨花「サリーはお嬢さんだからね。芸能界の荒波を知らないだけなのよ。貴方は目立つから男に狙われやすいわ。甘い言葉には気をつけなさいよ」
サリー「ありがとう梨花さん。私は大丈夫よ」
江梨子「そういう人が一番危ないのよ」
夏美「それはあなたの経験から……」
江梨子「何言ってんのよ。失礼ね。私はそんな尻軽女じゃないわよ!」とムカついている。
真理子「この世界で仕事をしていれば、ひどいブスでもない限り、一度や二度は誘われ口説かれるのは常識よ。寝る寝ないは別としてね。芸能界は、意外と出会いが少ないものよね。恋愛対象というか、真剣に付き合って結婚するまで辿り着く人はどれだけいるのかしらね?男は遊び相手の女を容易に求めたがるけど、女はそうではないわよね。中には、男を何人も喰って成長してゆく逞しい女もいるとは思うけどね」
江梨子「もしかして、あのHさん？」
真理子「Hもそうだけれど、それ以外でXよ」
江梨子「へえー。びっくりしたわ」
梨花「考えてみると、本人は社交辞令として女を口説く感覚の男もいるわよね」
夏美「イタリアの男ではあるまいしね」
江梨子「確かに、駄目もとで誘ってくる奴もいるわね」
梨花「いるいる。分かるわ。みんなも経験あるんじゃないの？」
一同、軽く頷く。
彼女たちは、仕事にプライドを持って仕事をしている。サリー以外は恋人もいる。みんな真面目で浮気をするような女たちではない。
江梨子「振付師の河田さん、時々指導のためと言ってボディーを触ってこない？」
サリー「あの先生は、純粋に指導のためだわ。真剣にアドバイスをしてくれているじゃない。態度を見ればわかるわ」

梨花「彼には悪い噂もないし、真面目な男よ」
夏美「確かに彼は厳しく指導もしてくれるし、本場ニューヨークにも留学している実力のある先生だわ。奥さんはアメリカ人だそうよ」
サリー「へえー、初めて聞いたわ。独身じゃなかったの」
夏美「サリー、タイプなの？」
サリー「あら、やだわ。ただ、いい人だと思っているのよ。私たちの踊りが、業界で評判が良いのも彼のお陰よね」
梨花「確かにね。日本の振付師の中でも五本の指に入るそうよ」
サリー「へえー。やっぱり凄い人なんだ」
真理子「さあ、そろそろ、メイクを落として着替えて帰りましょうか？」と立ち上がり、鏡の前に向かう。それぞれ帰り支度を始める。舞台で着ていた赤いドレスを脱ぎ捨てると、ランジェリー姿でも、若い肢体は眩しいほどに美しい。勿論、無駄なぜい肉などはない。体脂肪率もいいのだろう。腰は一様にくびれスタイルは抜群だ。これでは、男がほっておくことはないだろう。

女たちは、それぞれカラフルな私服に着替え、ルイビトンなどのブランド品の大きなバッグを持って、枯れ葉舞うＮＨＫホールを後にした。

街路樹に並んだ水銀灯が、冷たく歩道を照らして、冬の訪れを待っている。

日曜日の夜、都内のある劇場では、音楽祭が開かれていた。人気歌手など、ジャズからシャンソン・ポピュラー・歌謡曲迄、多彩なメンバーが総出演するというので、会場は満員御礼状態で熱気に溢れていた。

ステージでは、二人の長身のダンサーが、舞台を一杯に使って、モダンダンスを踊っている。黒いハットを被り、黒い細身のスーツに細い白ネクタイを締めて、「００７・ゴールドフィンガー」（アカデミー音楽効果受賞曲）の映画テーマ曲を踊っている。一人はノッポのサリーと梨花である。二人の他、舞台には誰もいない。いつも彼らは、歌手のバックダンサーだが、今日は演出家の計らいで、歌の合間にダンスだけの時間を組んでいただいた。歌だけでなく、本格的な見せるダンスを、プログラムの中に入れることによって、舞台構成に変化がつき、効果的な演出となった。演出家の粋な計らいでもあった。観客達も普段見慣れない、迫力あるダンスに満足しているようだった。舞台で踊っていても、客席からの熱い視線を感じることはできた。二人はこの機会にダンスの素晴らしさや魅力を見せつけたいと張り切って踊っている。主役は二人。スポットライトも、右へ左へと私たちに重点的に当てられていた。気持ち良い快感を肌で味わうことができた。踊っていても、アドレナリンが出ていることをサリーは感じていた。観客席の一階中央には、両親が来ている。サリーが初めて家族を招待した。娘の舞台を観賞して、どう思ってくれているのだろうか？　私がダンサーになることを、あれだけ猛反対した両親が、今この同じ空間の会場にいる。両親には、私の我儘を認めてくれて、本当に感謝している。私はこのままでは終わらない。終わらせることはできない。自分のためにも、また両親のためにも、きっと日本を代表するダンサーになりたいのだ。否、なって見せる。そんな気持ちを、両親を招待する前に、サリーは決意していた。一生ダンサーで踊っているわけにはいかないだろう。この業界で、人材をプロデュースできる人間になりたい。私には、未知数だが、まだまだ明るい未来があることを信じている。時間が残されているのだ。若い時には、貪欲的にいろいろなことを勉強して吸収したい。私にしかできない仕事を早く見つけ出して、クリエイティブなアーティストの世界を築き上げたい。私の夢はどこまでも果てしなく続く。人生は一度限りだ。まだ一八歳。自分をどのように作り上げてゆくのか楽しみである。一〇代・二〇代・三〇代・四〇代・五〇代・六〇代と目標をそれぞれ決めて着実に実行してゆこう。年代ごとに節目のある仕事を実行しよう。例え、大きな障害にぶつかり、心が折れそうになったとしても、それを乗り越えられるだけの精神力と、体力を身に着けることにしよう。自分の人生は、究極的には、自分で作り上げてゆくものだと思っている。「ゴールドフィンガー」もいよいよ終局を迎える。飛んで、廻って、跳ねて、走って、手を上げ、足を上げ、呼吸して、身体の機能を全部出し切って完全燃焼した魂の踊りだった。私も梨花も踊り切った満足感に酔いしれていた。梨花の顔の汗の中に、目から涙が浮かんでいたのが印象的だった。踊り終わると、会場から思いもかけない割れんばかりの拍手が起こった。一階席・二階席から、ブラボー・ブラボーと連呼が起こる。唖然とする。人を感動させることは、こんなにも素晴らしいことだったのか。改めて痛感した。ダンサー冥利に尽きる。普段は脇役だったが、今日は、主役としてこの舞台に立たせて頂いたことは、一生忘れられないだろう。ここが私の原点だ。ここからがスタートだ。この感動を、色あせないように、心に刻み込み、尚一層、努力精進して行こうと思った。両親が遠くで、大きく拍手している姿が、涙に滲んで見えた。私を生んで、育ててくれてありがとう。お母さん。お父さん。両親を招待して良かった。この感動を、言葉でなくリアルタイムで、共有でき伝えることができたことがとても嬉しかった。また、私たちを選んで、舞台に立たせてくれた人たちみんなに感謝している。私は実感として、幸せ者であると思った。

こんな感動は、生まれて初めてである。踊る前には、こんな感情は生まれていなかった。生きていることは、こんなにも幸せな感情をもたらせてくれるのか。立派な両親には、心より深く感謝したい。

劇場の緞帳《どんちょう》が、ゆっくり降りてくる。見事な刺繍を施された富士山の全容が現れた。

「キャー……」緞帳の奥で叫び声が聞こえた。

「サリー!……誰か早く助けて!」

サリーが落ちた。転落したのだ。舞台中央に空いた穴から、役者や荷物などを上げ下げする舞台装置の迫《せり》からだった。迫が誤って穴を空けたままの状態だった。落下したサリーの意識はない。微動だにしない。一八歳という若い命が失われた。あまりにも突然の衝撃的な死だった。こんなに残酷で。非情な死があって良いものだろうか? 人生とはまさに一寸先は闇である。

## 四　Mの肖像

写真小説

一九XX年のある晴れた昼下がりの新宿アルタ前。一九歳のMと初めて出会ったのは初夏だった。

そこには可憐なおんなMがいた。固い果実は、苦みと酸味を含んでいた。俺とMはカメラを媒体に時・日・歳月の今を共有した。渋谷高級住宅街を散策してMを撮る。私鉄沿線にあるMのアパートで日常を撮る。日常が非日常になった時、artが生まれる。

ハロウィンの夜、六本木のクラブに出かけた。Mは紫煙が立ち込めるカウンターに浅く座り、コークハイを飲み終えたコップの底の解けた四角い氷を、ストローでガチャガチャと忙しく突っついている。視線の先には若い外人カップルが仮面をつけ激しく踊っている。金髪の女は髪を振り乱し、身体にぴったり張り付いた黒皮のボンデージ姿で、長い皮の鞭を持って男をもて遊んでいる。男と女の波がうごめく場内では、R&Bの強烈な音響が鳴り響く。

幾つかの言語が途切れ途切れに飛び交う。看護師スタイルの厚化粧した女たちが聴診器を首から下げ熱帯魚のように場内を歩き回っている。

顔には白い包帯を巻き、赤チンを振りかけ血を滲ませる眼帯の男たち。腕にはギブスを首から包帯で垂らしている。

若者たちのエキセントリックな風景が広がっている。カウンター席では琥珀色のグラスを傾けながら、若い女同士が唇を重ねている。男も女も国籍を問わず一つのアバンギャルドでアナーキーな空間世界を作り出している。

俺とMは人ごみの中に消えて行った。

Mは衣服を一枚一枚脱ぎ棄て、恥らいながら裸になる。ビーナスには衣服は邪道だ。鎧で固めた衣服は戦国時代の産物である。古代ギリシャの彫刻たちは、男も女もその身体美を誇らしげに白日の下に晒している。エーゲ海の輝きのようにその姿は美しい。そこにはエロスと云うよりも健康的な肉体への大いなる賛歌さえ感じる。衣服を付けることにより、エロチシズムが新たに生まれる。

Mの表情は言葉のボキャブラリーの豊かさのように変幻自在である。ある時はボディーランゲージで女の妖しい魅惑的な肢体を表現する。憂いた顔を見せたかと思うと、また桜の花びらのような笑顔を浮かべ華を咲かせる。瞳を閉じ俯いたおんなは女の宇宙を旅している。おんなは万華鏡のような変化をいとも容易に見せる。不思議な生き物である。時におんなは子宮で思考して女になる。無限大の可能性を秘めているのは赤子だけではない。だが、歳月を重ねるごとに比例して、悲しいかな人は等身大の姿・形に収まってしまいがちだ。

化粧をする時の女は、誰もが真剣な表情で鏡の中の光と影の自分と向き合う。事物や世界に対してこれだけ真剣に瞬きせずに対峙すれば、古代より女の王国が誕生したことであろう。化粧を終えると、どの女もアクチュアリティーな世界に引き戻されてしまう。

街を歩けば、顔・顔・顔・顔・顔・百の顔・千の顔・万の仮面を被った顔がある。似たような顔が並んでいてもどこか微妙に違う顔たちがある。没個性が叫ばれて久しいが、薄っぺらの個性でも自我の目覚めとともに芽生えてくる。

季節は夏を通り過ぎ、日焼けした潮風の肌が懐かしい。秋色の景色が街を覆う。

神宮外苑の銀杏並木の圧倒的な美しさに魅せられ、Mと肩を並べて歩いた。

小さなMの肩は木漏れ日で光っていた。不確かで危なさと未知を持ったM。

この道はどこまで続くのであろう。この先には別離という必然の二文字が横たわっているだけだ。

時は木枯らしの吹く夜の表参道。珈琲店を出ると、Mはポツリと「さようなら」。コートの襟を立て、Mは足早にイルミネーションの輝く雑踏の中を駅舎へと向かう。俺は遠くに消えて行くMの小さな残像を夜の静寂の中で見送っていた。そのシーンはあたかも俺とMとの過去を振り返るカメラのフィルムを巻き戻す機械音に似て、この時は侘しく鳴って聞こえた。それはセンチメンタルな終幕を知らせるものだった。

俺にはアンソロジーとしての「Mの肖像」が残った。

# 第四章　詩集

# マールブルク

*Marburg*

愛しのマールブルク
ドイツヘッセン中部の学園都市
小さな駅舎の　マールブルク駅
中央駅は　大戦で戦火を受け
爆撃された
だが、中世期の　木組みの街並みは
無傷だった
君はフランクフルトから
七七キロ離れた　僕の住むマールブルクへ
A列車に一時間ほど揺られやってきた
大きなスーツケースをひとつ下げ
列車から降りてきた

改札で待つ　僕を見つけ
グーテンタークと微笑み　僕と抱擁して
熱い口づけを交した
雪降る聖エリザベート教会
街に教会の鐘が　高らかになる
どれだけ多くの人々が　この鐘の音に
人生を重ねてきたのだろうか
ドイツ最古のゴシック建築
天に聳える石造りの　聖エリザベートの
鋭い塔に　厳しい時代を通り過ぎてきた
歴史と伝統がある
聖エリザベートの墓地の上に
一二三五年から　四八年かけて造られた教会
日曜日の礼拝には　プロテスタントの

多くの市民が集う
ステンドグラスの輝きの中に
君の美しい横顔が光る
ああ、愛しの　スザンヌ
君の穢《けが》れを知らない　ガラスのような
透明な心に　讃美歌が流れる
手を合わせ
主に祈りを捧げる
ラーン川が　ゆっくり流れる
河畔の街　マールブルク
新緑の　春の公園には　リスが遊び
小鳥が囀る　恋人たちが　木陰のベンチに
そっと寄り添う　愛のささやきは　未来へと覆く
ロマンチックな　メルヘン街道に通じている

海抜二八七メートル　青空の広がる
丘の高台に聳える　城塞方伯の城
マールブルク城　その雄姿は
今も凛然と　マールブルクに輝いている
旧市街　昼下がりの午後
石畳の急な細い坂道にある
二〇〇年前の
アパートメントから
スザンヌと肩を寄せ合い
歩いている
そよ風が
君の甘い栗色の髪を　通り過ぎる
いつまでも　この幸せな　ふたりの時間が
止まっていてほしい

やがて　伝統的な　木組みの家並が続く
一五世紀からの　歴史ある建物だ
道行く人も　どこかのんびりとした
時間を過ごしているようだ
民族衣装をまとった　年老いた農婦が
買い物袋を持って　よちよちと
歩幅狭く歩いている
小犬を連れた
眼鏡をかけた貴婦人が　散歩している
若者たちは　人目も気にせず
大きな声で　道一杯に広がり
楽し気に会話している
カフェが並ぶ　街角の店で
スザンヌと　珈琲を飲んだ

彼女は角砂糖をひとつ　僕はブラック
テラスに差し込む　午後の太陽は
心地良い暖かさだった
スザンヌはカバンから
カントの哲学書を取り出し　紐解いた
彼女は　フランスから来た
プロテスタントの　マールブルク大学の学生だ
一八歳でドイツに来て　三年が経つ
マールブルグの街にも　すっかり馴染み
溶け込んでいる
旧市庁舎前の広場には　市民が集い
いつも賑わっている
僕は小さな花屋から　薔薇の花束を買い
スザンヌに差し出した

ダンケシェーンと微笑み
僕の頬にキッスした
中世の街並みを　今も尚、色濃く
大切にしているマールブルク
僕も君を　この街のように
何時までも大切にして　愛し続けたい

## パリ　*Paris*

パリの初秋
小雨降る　セーヌ川
恋に破れた　亜麻色髪の　マドモアゼル
細く冷たい　雨に打たれ　橋の上から
川の流れを　見つめている

それは　雨の小粒　真珠の涙？
頬を伝う美しい水滴の輝き
川面に　聖母マリア
ノートルダム寺院が　滲んで揺れている
あの人は　何処へ
メトロを出ると　シャンゼリゼ
紙袋の中に　フランスパンと
赤ワインを抱えた　パリジェンヌ
ＥＬＬの雑誌を小脇に
颯爽と風を切り帽子を被っている貴婦人
老いも若きも
ファッショナブルな
人々で　活気に満ち
賑わっている　花の都　パリ

昼下がり　テラスには
秋の弱い日差しが　差し込んでいる
珈琲の香に誘われて
恋に破れた　マドモアゼルひとり
店の籐椅子に腰かけ　珈琲を口に付けず
物思いに耽っている
ダミヤの　暗い日曜日の
メロディーが良く似合う
恰幅の良い　白髭を生やした老人
パイプを銜え
ルモンド紙を　拡げ　読んでいる
ゲーテが　詩を
サルトル・ボボワールが
哲学を語った

石造りの街並み　パリ
今、何を思い　何を語らんのか
明日に向かって　飛翔せよ
ピカデリー広場
廻る　廻る　回転木馬
愛した人は　今はいない
誰も乗馬していない
白馬の群れが　むなしい　どこへ行くのか？
幾頭も　表情を変えずに　走っている
悲しい色の　メリーゴーランド
モンマルトル　丘の上に聳える
白亜のサクレ・クール寺院
かつて　ユトリロ　ゴッホ
モディリアーニ　ピカソ

藤田《フジタ》らに　愛され
今も　連綿と　芸術の都の息吹を
生き続けている
標高一五〇メートルの　テルトル広場
観光客相手に
似顔絵の絵描きたち
ここから　巨匠は　再び
生まれるのだろうか
丘の上からは　パリが　一望
エッフェル塔が　遠くに小さく　見える
パリの青空の　屋根の下に　住む
恋したあの人は　今何処
ルーブルの　モナリザの微笑みより
神秘的な私

エーゲ海メロス島からの
ミロのビーナスより
乳白色の綺麗な肢体の私
オルセーの　ルノアールの赤より
情熱的な私だった
だが、
あなたとの別れで　モネの睡蓮の青より碧く
冷たい心の　私　となってしまった
ロダンと恋人カミュの　師弟関係より
嫉妬もなくピュアで
深く強い　絆で結ばれていた　ふたり
いつぞやから
サルバドル・ダリの
ねじれて　曲がった　時計のように

壊れた時を刻むことになった
ボンジュール　マドモアゼル
サリュ　サ　ヴァ（やぁ！　調子はどう？）
サ　ヴァ（元気です）
ジュテーム　メルスィ　という言葉も
今は遠く消え去り
あなたは　オ　ヴォワ　（さよなら）
の一言を残して
私から　ブローニュの森へ　消えていった
何故？
晩秋のパリは死す

# 私小説　風に吹かれて

それは昭和三〇年代初頭頃からだろうか。

夕焼けが、新宿の西空に真っ赤に染まり、やがて大きな太陽がゆっくりと沈んでゆく。家々の灯りが、ポツリ・ポツリと灯る頃、演じて欲しくない除幕が始まる。

新宿駅から左程遠くない、都電通りの停留所前にある酒屋から、若旦那が我が家にキリンビールのケースを両手で重たそうに抱えて、やってくる。ケースの中で、ビール瓶が揺れてガチャガチャ鳴っている。家族は、そのビール瓶の音を聞くたびに、恐怖の序奏に襲われ震える。「馬鹿にしやがって!」膳を叩きながら、怒声が家族に飛び交う。膳の上には、ビール瓶が数本空いている。親父は、目が座りだいぶ酩酊しているようだ。

飼い犬のジョンが、その怒鳴り声を聞いて、庭で「ウオーオン」と哀しい遠吠えを月に吠えている。

私が小学校低学年から大学を卒業してしばらく経つまで、そう、昭和五〇年代初頭まで親父の酒乱生活が続いていた。まさに「地獄絵さながらの酒乱生活」が二〇年ほど続いていた。母志津・兄昭生・姉佐知と私佑季明は、不条理な生活に永年耐え忍んだ。子供たちは幼く、前面に立つのは、いつも母親であった。何年も苦渋な生活を強いられ、離婚もせずによく耐えてきたものだった。

子供たちは、長年親の背中を見続けて生きてきた。父親が反面教師となって、今でも心のどこかに残像として燻って残っている。

親父は、酔いが回るにつれ、勢いが衰えることなく、明治大学の校歌を朗々と歌う。

「白雲なびく駿河台　眉秀でたる若人が……（中略）……おお、明治その名ぞ　我等が母校」

明大校歌を歌う頃になると、酔いもピークを迎える。校歌が、酒量の一つのバロメータでもある。酔いどれの身体を、だらしなく崩して酒を煽り、悪態をつく。

親父に母は「あなた！　それでも最高学府を出た男なの！　成績優秀で授業料免除なんて聞いて呆れますわ！　恥ずかしくないの！　こんな醜態を見せて」

「ふざけんな、馬鹿にしやがって！　俺は偉いんだ。電話をすれば、ぴゅーっと誰でも呼べるぞ」と蛇のように唇を舐めながら膳を叩く。

酒を飲むほどに酔うほどに、悪態が続く。

深夜に及ぶこともある。たまりかねて、母と姉は、都電通りの月明りの薄暗い停留所に一時避難して、親父が眠り込むのを待っていた。深夜に街頭で女二人が立っている姿を不審に思った警察官に、職務質問されたことがあったという。屈辱の日々が続いていた。親父の暴言は舌鋒鋭いが、決して、手を上げるような暴力は無かった。言葉の暴力である。ある時、取引会社の社長が家に来て、酒を酌み交わしていたが、飲むほどに口論となり、社長が暴力を振るった振るわないで、手元の電話を取った親父が、一一〇番通報したことがある。遠くでパトカーのサイレンが悲しく鳴っている。母が仲介に入り、一件落着したことがある。人騒がせな男である。

母娘で、親父の酒乱生活から逃れるために、やむを得ず家出を二度ほど経験していた。一度目は、大久保駅近くの安アパートだった。母はあまりの汚さに耐えられず、一日で契約を解除して自宅に戻って帰った苦い経験がある。二度目は、私が、大学卒業後の昭和四六年。母と姉は、荷物をまとめ東京郊外の三鷹駅近くの新築アパートの二階に引っ越して行った。そこで、九か月程親父との別居生活が続いていた。兄と私は、新宿の自宅から勤務先に通勤していた。時々、兄弟で三鷹のアパートに顔を出しては、親父の近況を報告していた。母は静かな環境の中で、小説『信濃川』を執筆していた。やっと自分らしい自由な生活が取り戻せたと安堵していた。一方、親父は、母親の家出が長期にわたっていたので、だいぶ精神的に弱っていた。気持ちばかりではない。身体の体調も悪くなっていた。二〇年にもわたり、酒を浴びるほど飲んでいた親父だ。身体が悪くならない方がおかしい。

何故、こんな生活が続いたのであろうか？

親父は、大手企業の工場長に就任していた。赤字会社を黒字化して、その腕を買われ若くして工場長に昇り詰めた。学生時代は、学業成績優秀で、スポーツを愛し、テニス・スキー・登山に親しんでいた。学生時代のアルバムには、スポーツを楽しんでいる若かりし頃の写真がある。また、酒・たばこは一切やらない真面目な男であった。だが、会社に入社して、数年後役職に就き、接待で酒や芸者遊びを覚え、人生の歯車が狂ってくる。

小学生の時、家族で正月に歌舞伎座へ「初歌舞伎」を鑑賞に行ったことがある。鑑賞していたのは、家族だけでなく、隣席には着物姿の粋で艶やかな日本髪を結った芳町の芸者衆も一緒だった。母は特に芸者衆と一緒ということも気にしていない様子だった。母は元々好きで結婚した相手ではなく、嫉妬なんて微塵もなかったという。小学生の姉へ、ひとりの若い芸者から浴衣の反物を歌舞伎座でプレゼントされた。姉は思わぬプレゼントに喜んでいた。母は、反物はどうせ夫の懐から出ているものだろうと思っていたそうだ。芸者と言えば、余談だが、小学生の時に、小田急沿線の親戚の家に親父と出かけた。その帰り道、夜の六時頃、登戸の多摩川沿いにある割烹料理屋で、親戚の医者の叔父と、親父・私とで食事をした。割烹料理屋の玄関には、飛び石に水が打たれ、灯篭の燈が、艶っぽく揺れていた。和室の部屋には、三十路に近い芸者衆が二人呼ばれていた。和服姿の艶のある芸者衆は、小学生の私には刺激が強すぎた。一人の芸者が私に寄り添い、「ねぇ僕、お名前は？　何年生？　可愛いわね」と声を掛けてきた。私は、赤い漆《うるし》の重箱に詰められたうな重を食べるにも、胸が詰まるほど緊張を隠せなかった。その時、よくぞこんな大人の世界に子供を連れてきたものだと子供心に訝った。母とは違う、異質の大人の女の存在を初めて知った。

小学生低学年の頃は、まだ親父は酒乱でもなく、後楽園球場へ、巨人戦の観戦によく連れて行ってもらった。川上・与那嶺・藤尾・エンディ宮本・王・長嶋や国鉄スワローズの金田正一の時代である。野球の分からない姉だったが、ナイターの美しさに目を輝かせて喜んでいた。また、当時は娯楽と言えば、映画だった。映画全盛の時代、家族で自宅からルノーやヒルマンの小型タクシーに乗り込み、新宿の歌舞伎町や、神楽坂・四谷三丁目の映画館に連れて行ってもらうのが楽しみであった。また、親父が顧問をしていた会社の慰安旅行にも同行したことがある。東京湾では、釣り船で釣った魚をその場で、船頭がてんぷらに揚げてくれた。船上で出来上がった料理に舌鼓をした。東京湾の海風を受け、食が進んだ。夏になると、家族で新宿から小田急線に乗り、江ノ島に海水浴に出かけた。遊覧船に乗り江ノ島を回遊した。昼食には、磯の香りのする売店で、焼きサザエや刺身の盛り合わせなどをみんなで食した。また、小学生の時、親父の取引先の招待で、親父と後楽園ホールのボクシング試合を間近で見たことがある。ボクサーが出血して、顔が腫れあがった選手の戦い様が強烈だった。格闘技の生の迫力に興奮した記憶がある。

上野の森の美術館にも連れて行ってもらった。ツターンカーメン展やゴッホの展覧会にも出かけたことがある。親父は、歴史には詳しいようだが、美術には造詣が深いわけではない。それは子供の教育に対する愛情だったのかもしれない。だが、優秀で博識のある親父であったが、子供たちへの勉強は一切教えることはなかった。親父は、取引先の相談者には、和服姿で、煙草の煙をふかしながら、理路整然と語っている姿を何度も応接室で見てきた。

親らしいと思ったことが一度だけある。姉が大学受験で志望校の上智大学を受験した。結果は不合格であった。姉は、浪人して来年もう一度、上智大学を受験したいと親に相談したが、父親は断固許さなかった。勿論、我が家には、浪人させるほどの経済的余裕がなかったことも事実である。泣きじゃくる姉を無理やり明治大学に受験させた。親父が真剣に子供と対峙して説得する姿を見たことは、後にも先にもこれが初めてであった。姉は浪人せずに明治大学文学部英文科に入学した。兄は明治大学付属中野高校から明治大学商学部に進んでいた。ゼミナールも親父と同じ、春日井薫ゼミだった。（後に明大総長となる）親子で名門の春日井薫ゼミに入った。親父も大変喜んでいた。親子で同じゼミとは、珍しいことだと思う。兄は、卒業後、大手商社の外国部に配属され、海外出張でアメリカ・ヨーロッパなど各地を歴訪していた。

また、親父は母を連れて、東北のひなびた秘境の温泉に出かけることが好きだったという。母によると、旅に出た時、普段見せない顔を見せて優しいのだという。言葉遣いも丁寧な言葉を使われ、この人どうしたのだろうと思った時が度々あると話す。列車の車窓から見える景色について、いろいろ話してくれたという。また観光名所では、その歴史的背景などを含めて分かり易く説明してくれた。博識の一面を見たという。

親父との平和で穏やかな日常生活も、かつてはあった。三六五日荒れていた訳ではない。

年に何度か、家族で出かける時もあったのだ。そんな当時を、懐かしく思い出す時がある。

酒におぼれるようになったのは、大会社を自己都合で退職して、それから独立事業が思うように進展しないようになってからである。小石川後楽園の事務所も手放した。経済収入も厳しくなり、自宅の一部をやむなく人に貸した。だが、悪徳弁護士一家に貸して、ほとんど家賃未払で滞納を四年間続けた。母は当てにしていた家賃も入らず、生活のために、神楽坂の質屋通いで、金目の品々を質入れして、ほとんどを流してしまった。また、新聞折り込みのアルバイト生活などを余儀なくされた。母は、滞納する弁護士を相手に、裁判闘争を起こして勝訴した。勝つべくして勝った。被告は、弁護士資格を剥奪された。この間、母は、水道橋の謄写版学校やタイプ学校に通い、技術を身に付けた。私が小学生の時、こんな思い出がある。午後から急に雨が激しく振り出して来た。下校時になると、よその母親が、子供の傘を持って学校へ迎えに来る。私は教室の二階の窓から母親の姿を雨の降る校庭に探した。友人たちの母親は、子供を連れ、色とりどりの小さな雨傘を差して校門を出て行った。とうとう母親は、いつになっても迎えに来てはくれなかった。とても寂しかった。きっと、アルバイトやタイプ学校に通学していて忙しかったのだと思う。私はひとり雨の中を、とぼとぼ雨に濡れながら家路に向かった。末っ子で、甘えん坊な私の頬には、涙か雨粒か分からないが、冷たい水滴が流れていた。

母親は、小学校の担任の先生に依頼して、小学校の「文集」を母が手掛けた。ガリ版印刷をして製本にした。絵の苦手な母だったが、表紙の文鳥の絵や、文集のイラストも描いていた。幾らかの収入を得て、生活費に充てていた。また、花園神社近くにあるプリント会社の、下請けのタイプの仕事をしていた。下請けの仕事を貰いに行く途中に、都電の大久保車庫前駅がある。駅近くの広場には、街頭テレビが置かれていた。当時は一般家庭には、テレビが普及していなかった。母は息抜きに、街頭テレビを黒山の人込みの中で、少しの時間見ては、仕事を取りに行っていたそうだ。

プリント会社の社員からは、「田中さんの仕事は早くてきれいだ」と、評判も大変よかった。納期に追われ、徹夜で仕事に従事する日もあった。時には、姉が、学校から自宅に戻ると、廊下でタイプを打っている母親の姿を見て、原稿の読み合わせに協力することもあった。だが、下請けは、割に合わず、自ら営業に走り廻っていた。近くの観光バス会社の門を飛び込みで叩き、バスガイドブックの本の制作を受注した。自宅前の道路に「静プリント社」の看板を立て、仕事を精力的に受注した。看板を見て、有名女子大学の同窓会のお知らせの案内依頼があった。その他にも、二・三スポットで仕事が舞い込むようになった。母は看板効果もあるものだわと喜んでいた。

夫の収入も充てにならず、酒に溺れた夫に見切りをつけて、三人の子供を育てるためには、馬車馬のごとく必死で働いていた。それでも生活状況は、一向に改善されず、貧困で苦しんでいた。小学生の姉の通知書には、栄養失調と書かれていた。私の小学校五年生の遠足は、親に内緒で仮病を使い、行かなかった。遠足費用を負担しないで済むからだ。後日、クラスの友達が、家を訪ねて来て土産を届けてくれた。涙が出るほど友情の有難さが嬉しかった。生活費を捻出するために、四畳半の一室を大学生に貸した。近くにある学習院の大学生が借りに来ていた。卒業すると、入れ替わりに日大の学生が借りにきた。彼らはまるで家族の一員のようで、共に遊ぶこともあり、兄弟が増えたような気がした。

中学一年の時、親には内緒で私は節約の為に昼食を抜き、ひとり校庭の隅で昼休みの時間を潰した。だが、何故か悲壮感は持っていなかった。子供たちは、多感な時代、大半を父親の酒乱生活の修羅場を見て過ごしてきた。だが、非行に走ることなく、それぞれの時代を過ごしてきた。それは、異常とも思われるほどの、波乱万丈な生活を、母親は真摯に受け止め、逃げることなく真剣に対峙している姿勢を、子供たちは見続けてきたからであろう。母親の後姿は、子供たちにとって、頼もしくまた大きく見えた。

生活が荒れ果てていた時に、母は文学の道に救いを求めた。文芸雑誌の広告に、文学の同人の会員募集があった。母は、子供の頃から学校での綴り方、作文が得意であった。先生が、母の作品をクラスの仲間に良く読んで聞かせたと語る。ガリ版に刷られて生徒に配布されたこともあったようだ。母の父が、新潟県庁に勤務していた頃、趣味で小説を書いていた。母が女学校の時に、父親は「小説を書いたので読んでくれないか？」と原稿を渡されたという。小説の書き出しが、庭の外で白い犬が散歩している様子からはじまる一文を読んで、「お父さんこんな書き出しじゃ駄目だわ」と素っ気なく原稿を突き返してしまったという。父親はがっかりした様子で「あっ、そうか……」と言って原稿を手に取り、奥の部屋に寂しげに消えて行った。今でも母はそういう行動をとってしまったことを大変後悔している。何故最後までしっかり読んであげなかったのだろうかと深く反省している。父親の影響もあり、母親も文章を書くことが好きだった。

母は代々木駅近くにある「文学往来」の同人誌の門をひとり叩く。主宰者は、大手ゼネコンの部長だった。同人には近くの大手総合病院の医者や教師、サラリーマン、早稲田の学生まで幅広く多彩なメンバーがいた。同人のある男性は「よくご主人が、同人に入ることを許してくれましたね」と揶揄する声も上がった。だが、母親の作品「銀杏返しの女」（後に『信濃川』）を投稿すると、それから同人の皆が驚き、作品を高く評価して頂いた。主宰者から、同人の仲間の作品を是非論評して欲しいと懇願された。母は二・三号にわたり同人メンバーの作品を論評して好評を得た。同人の中では、その後、母を含めて三人の方が、作家として世の中に本を刊行した。

母はその後、家庭の事情もあり、同人を退会した。母の文学の原点は「文学往来」であると語っている。

『雑草の息吹き』は、荒廃した家庭生活から生まれた随筆日記である。昭和三〇年から五年間にわたる。母には、文学が救いの道であった。この随筆日記は、自分でタイプ印刷をして、製本を三〇部ほど制作した。この作品は大阪の劇作家郷田悳氏により、ＮＨＫでドラマ化され放送された。放送の前に、母はＮＨＫのスタジオに呼ばれ、主演者の山岡久乃、小沢栄太郎などの演技の確認が行われた。

放送日、新聞朝刊の番組欄に紹介されていた。家族は複雑な心境でドラマに耳を傾けていた。劇作家郷田悳氏は、母に戯曲家の道を強く勧めた。東京での新橋演舞場や明治座などで公演されている自分の芝居に母を連れて行き、公演の解説をした。演出の方法なども芝居を鑑賞しながら、細かく指導してくれた。だが、母は戯曲家よりも、小説家の道を歩みたいと先生に告げ、先生は母の説得を諦めた。

『信濃川』は、昭和四八年刊行された処女作である。直木賞作家和田芳江氏が帯府を書いている。明治時代の女の半生を新潟県の小千谷を舞台に描いた作品である。

親父は、母が小説を書くのには当初猛反対していた。親父が留守の時に、母は小説を執筆していた。親父が外出から帰ってくると、慌てて、押し入れに原稿用紙を放り込んでいた光景をよく見かけていた。だが、親父は、母にある時から、広辞苑や平凡社の世界大百科事典を全巻、近所の本屋から予約して取り寄せてくれた。どのようなきっかけで、このように豹変したのか、今でもよくわからない。あれだけ小説を書くことに反対していた父親が、『信濃川』刊行を一番喜んでくれていた。

この作品は、映画会社とトラブルがあった。

母は、新宿の自宅一階の広い和室に、朝日・讀賣・毎日の新聞記者に来て頂き、記者会見を開いた。翌日、全国紙に母の主張が報道された。その後、映画会社より提案があった。都市センターホールで試写会を開くので、田中さんは映画を褒め、映画会社は田中さんの本を紹介すると言う。マスコミ各社を呼ぶので、是非出席して欲しいという趣旨の発言があった。母は、原作に拘った。提案に反対して、出席を拒否した。母は、信念の強い人である。自分が納得のしないことは妥協を許さなかった。これを機に、日本文藝家協会と日本著作権同盟の会員となる。理事の青山光二・高橋玄洋両氏の推薦を受けた。

昭和五八年一二月五日、父は心不全のため、六四歳の生涯を閉じた。そこは東京牛込柳町の小さな病院だった。

晩年の親父は、おとなしくなり、かつての元気な姿はなかった。私は親父の髭をそり、また入浴の世話もした。やせ細った背中を流してやった。荒れ狂っていた時代の事は、遥か遠くに消え去り、目の前にいるやせて元気のない親父が、むしろ愛おしく思えるようになっていた。これが家族の血の厚さ、絆なのだろうか。不思議なことに二〇年にも及ぶ酒乱生活が、一瞬にして消滅・浄化されてゆくのだった。

『信濃川』刊行から四〇年。平成二二年新潟県小千谷市の船岡公園に「田中志津　生誕の碑」が建立実行委員会の手により建立された。小千谷市長はじめ市職員、新潟大学教授・佐渡教育委員会主事及び知人・友人・親戚など関係者多数と、マスコミのご臨席を頂いた。司会進行は私が勤めた。また、小千谷市のホームページにも除幕式の様子が掲載されている。

『遠い海鳴りの町』は、昭和五四年に刊行された。佐渡金山の隆盛から凋落までを金山の歴史と共に戦争体験や文化・芸能などを織り交ぜて多彩に描いた作品である。母は、三菱鉱業㈱佐渡鉱山の女性事務員第一号である。勤務していた鉱山の内部の様子やロマンスなども描いている。佐渡相川は、母の青春時代で最も輝いていた時期である。「佐渡の海―その落日の輝きの中に埋め去った青春の回想」なのである。

『佐渡金山の町の人々』は前著で出会った人々の交流を纏めたものである。手紙の書簡集や電話取材などを積極的に行い、執筆して纏めた。ある著名な社会派映画監督は、「女の戦場」で描かれている、日支事変や朝鮮から日本に帰還する時の状況が生々しく迫力があり凄みがあったと語ってくれた。母は戦争の悲劇を語り継ぎ、平和な世界を永久に目指したいという。

三菱金属㈱稲井好廣社長は、当時京都大学を卒業して、佐渡鉱山の同じ職場に勤務していた。そんなご縁で、『遠い海鳴りの町』の刊行を機に、当時の仲間たちを集めた会合を開き、社長から「海鳴会」と命名された。数年間「海鳴会」は続いていた。東京のパレスホテルや三菱の高輪会館などで、当時の仲間たちとの交流があった。時には、佐渡おけさの「若波会」（女性だけで構成されている）を呼び、社長を先頭にみんなで佐渡おけさを輪になり踊った。三八年ぶりの再会は、懐かしくいつまでも心に残る集まりであったようだ。稲井社長も会長時代に亡くなり、社葬に母は参列させて頂いた。女性の参列者は母一人だった。会場で、三菱商事に勤務されている稲井好廣会長のご長男に、初めてお目にかかった。「生前は父が大変お世話になりました」とご挨拶された。とても感慨深いものがあったと振り返る。

平成一七年佐渡金山に三菱マテリアル㈱・㈱ゴールデン佐渡により「佐渡金山顕彰碑」が建立された。佐渡金山から採掘された二トンの金鉱石の横には、母の文学碑がある。黒御影の碑には、自筆で小説の一文を寄せている。佐渡金銀山が、今年、平成三〇年日本での世界遺産に登録されることを切に望んでいる。現在は暫定登録である。今年は四度目の挑戦だ。今年登録され、来年にはユネスコから本登録されることを、関係者は心待ちにしている。願わくば、母の健在中に実現させてあげたい。

『冬吠え』は、四〇年にも及ぶ夫との生々しい生活を赤裸々に描いた作品である。文藝評論家富岡幸一郎氏は、当時「週刊現代」の書評欄で現代の若い女性には、母のような生き方は、決して真似できないだろうと語っていたようだ。彼から新宿の自宅に電話がかかってきたことを思い出す。

『佐渡金山を彩った人々』は、平成一三年、佐渡金山四〇〇年記念として刊行された。『遠い海鳴りの町』を修正、加筆した作品である。加筆部分は一〇〇枚にも及ぶ。

日本文藝家協会の富士霊園にある「文学者の墓」には、母の代表作として、この著が生前登録の墓標に赤字で刻まれている。この墓には二名が埋葬できる。母が亡くなった時には、姉と一緒に分骨され埋葬される予定でいる。その後、私も同園に墓地を設けた。

母は佐渡には、昭和七年から一五年迄の八年間を過ごした。母が二〇歳の時に、尊敬する父増川兵八を、五四歳という若さで官職に就いたまま脳溢血で一晩で亡くした。青春時代の最大の悲劇であった。それからの母の人生は、想像を絶する程、大きく揺さぶられ、変わってゆく運命を辿るのであった。

『田中志津全作品集』上・中・下巻は、平成二五年、武蔵野書院より、母が九六歳の時に刊行された全集である。母親の人生に於ける総決算である。九六歳までの全作品が、全集として収載されている。栞には、直木賞作家志茂田景樹氏、世界文化遺産研究所所長古田陽久氏、新潟大学教授橋本博文氏が名を連ねている。含蓄のある寄稿文が寄せられている。

母にとっては、記念碑的な全集であり、漸くここまで辿り着いたという実感があるのだろう。新宿小田急ハルクに於いて、全集の出版記念パーティーでは、志茂田景樹氏はじめ新潟大学教授、橋本博文氏、武蔵野書院・院主前田智彦氏など多くの関係諸氏にご臨席頂き、盛大に全集の出版を祝って頂いた。

全集は、母にとっての金字塔と言えよう。

『ある家族の航跡』は、私の編纂で、家族一人一人の作品を纏め上げた。いつかこのような作品を手掛けたいと思っていた。幸いに、武蔵野書院より刊行できたことは、至上の慶びである。父親の一文も紹介している。母の随筆・短歌、姉の随筆・詩集、兄の随筆・私の随筆・シナリオ・短編小説などがある。母を作家に持ち、また姉が詩人でエッセイストだった。私も三菱を退職後には、文章を書くようになっていた。こうした背景の中で、家族の作品を一つに纏めるのも、面白い企画だと思った。本の刊行時、姉は既に永眠していた。また親父もこの世を去っていた。

家族の絆が、この作品を生んだ。

『邂逅の回廊』は、平成二六年、母と私の共著である。東京へ自主避難していた時の作品である。母の随筆の中には、思い出の海外旅行がある。家族で海外旅行に出かけた時の様子を時系列的に綴っている。香港・マカオ・韓国・台湾・ハワイ・フィリピン・タイ・シンガポール・フランス・イタリア・スイスなど諸外国の想い出の数々を語っている。

貴重な随筆集となった。母の生まれ故郷小千谷のことについても、現地で取材して執筆した。私は随筆や小説を書いた。こうして、親子で本を著すことができる慶びを大変嬉しく思っている。

『志津回顧録』は、平成二六年武蔵野書院より刊行された。短歌と随筆で綴る齢九七の光彩である。昭和一六年から平成二六年迄、思いつくままを短歌に詠んだ一冊である。短歌は、千年に一度の東日本大震災のことも詠んだ。また、随筆は平成二六年に創作したものである。まだまだ母は、書くだけの余力と闘志を持っていることを知った。

歌集『雲の彼方に』平成二七年、角川学芸出版より刊行された。昭和初期から平成二七年迄の母の人生の航跡を詠んだものである。

母は、誰に習ったわけではない短歌であるが、気が向くと、短歌をノートやメモ用紙に書いて詠んでいる。本当に書くことが楽しく、好きなのだということが、一緒に生活している私にはよくわかる。いつ迄も、燃え滾る文学への情念や魂を持ち続けていて欲しいと強く願っている。

随筆集『年輪』は、平成二七年、母が今迄発表してきた随筆を一堂に集めて、武蔵野書院から刊行された作品である。新聞・雑誌・本などに発表された作品は、数多くある。こうして随筆集として発表できる喜びに感謝致したい。

タイトルの年輪は、私が付けた。母の年齢にふさわしいと思ったからである。表紙にも本物の屋久杉の年輪の写真が武蔵野書院より提供されている。

『田中志津執筆の系譜』という冊子が学術書を多く手がける武蔵野書院から発表された。前田院主によると、大学教授が大学を勇退された後に、自分の過去の学術書を冊子に纏めて残すことがあるという。母にもこのような冊子の制作をされたら如何かと打診された。母に相談したところ、自分の著書の解説をすることも気恥ずかしさは残るが、面白いということで、この冊子の制作を依頼した。『文学往来』に始まり『年輪』に至るまでの壮大な母の系譜である。本の写真や、思い出のスナップ写真まで挿入されたオールカラーで構成された豪華な冊子である。全国の書店に配布された。院主からのご提案に感謝申し上げたい。関係先にも配布したが、大変高評だった。

平成二九年には、親子で二冊の本を刊行した。『歩き出す言の葉たち』愛育出版と『愛と鼓動』同出版社である。一年に二冊の本を刊行するとは、正直思ってもいなかったが、やはり、母は時間との闘いを常に考えていて、書ける時に書いておこうという気持ちが先行していた。流石に百歳ともなると、母の記憶力や物忘れが顕著となってきた。随筆については、一部、口述筆記なども行った。細かな数字やデーターなどの確認は私が協力した。

短歌は、自分で何度も指を折りながら創作していた。

私は、随筆や小説・詩などを纏めてみた。親との共著は、いつ迄できるのかと思ったりしたが、出来る時に、何でも挑戦してみようという基本的な姿勢は崩さないでいる。

平成二九年いわき市最古の神社大國魂神社に、母子文学碑が建立された。既に母と姉の碑は平成二八年に建立されていたが、山名宮司より、息子さんの碑も如何ですかと打診された。

私は、まだ時期早尚と考えていたが、母の年齢を考慮すると、母の健在中に我が碑を見ていて欲しかった一面もあった。こうした理由で、建立実行委員会のご協力を得て碑の建立を決意した経緯がある。日本文藝家協会並びに日本ペンクラブの会員にもなり、時期は熟したのかとも思えた。だが、これからの私の人生が、いよいよ私の勝負となる。更なる飛翔を目指して頑張ってゆきたいと決意している。

これまで、母の航跡を掻い摘んで辿ってきた。

現在、母は両足大腿骨にボルトが埋め込まれており、股関節の痛みが、日常を苦しめている。独力での歩行が、平成二九年に比較して、今年は厳しさを増してきた。心が折れることも多くなってきた。だが、一方朗報もある。

平成三〇年四月四日、中国の国家レベルの大型週報『中華読書報』に母のプロフィールなどが紹介された。日本の高齢者作家田中志津の作品並びに文学碑建立の話まで、広範囲に及び掲載されている。この週報は、学術界・文化界・出版界と一般読者向けの週刊誌である。中国では、よく知られている雑誌という。紹介文を執筆して頂いた方は、国立愛知教育大学大学院教授、時衛国先生である。先生の原稿を中国に送り、中国で再編集して掲載されたものである。時教授は日本の作家の小説などを多く中国に翻訳本として紹介している。私は、昨年日本ペンクラブの懇親会場で先生に初めてお会いした。そこで、今回の母の作品の紹介を執筆して頂けることになった。先生には大変感謝申し上げ、光栄に思っている次第である。母も思いがけないお話に大変喜んでいる。

ここで、少し振り返って、二〇一一年以降の母のこと等々についても触れてみたい。私の母親への介護生活は、二〇一一年三月一一日の東日本大震災の時から始まる。

母は九四歳の時に、仙骨骨折・骨粗鬆症・脊椎管狭窄症などで、一歩も歩行できない状態で、いわき市小名浜の老朽化したある病院に入院していた。三・一一の時は、その病院の近くまで津波が押し寄せてきた。二日後には、諸事情を鑑み、病院を退院させ、介護タクシーを使用して自宅のある小高い丘の湘南台へ母を連れ帰った。

母の寝室には介護ベッドがなく、急遽介護用品取り扱い業者から取り寄せた。大震災直後の為、業者も午前中で仕事を終えるという。自分たちの家の被災の対応に追われているのだ。私どもの事情を考慮頂き、午前中に搬入して頂いた。危機一髪の対応だった。介護ベッドがないと、寝起きが自由に出来ない。日常生活に支障をきたしてしまうのだ。業者には、心より感謝した。その後、原発事故の恐怖と闘いながら、東京へ避難するまでの二週間余りの生活を余儀なくされた。目に見えない放射線量の恐怖。ライフラインでは、断水が堪えた。浴槽にも水を溜めておく必要性を痛感した。トイレの下水や清掃には有効なのだ。幸い電気・ガスは使用することが出来た。テレビ・ラジオも視聴が可能で、最新情報が入手できた。情報が有ると無いとでは、雲泥の差がある。精神的にも安心する。流言飛語も防止される。放射能にはXXを飲めば良いなど、誠しやかに情報が錯綜していたが、後日、逆に体に悪いことが判明した。科学的根拠のない情報が蔓延してしまうと、取り返しのつかない事態に陥ってしまう。パニック状況下では、人々は、藁をも掴む思いでその情報に飛びついてしまうのだろう。流言飛語は、古くて新しい悪質な問題だ。誰が何のために飛ばすのか？　時代と目的が変わることはあっても、断じて許せない行為である。古くは、関東大震災時の朝鮮人に対する、流言飛語を語る迄もないだろう。

自宅では、電気・ガスが幸いに使用できたので、暖をとることができた。だが、食料とガソリンがない。我が家では、予期せぬ震災に備蓄がほとんどなく、苦慮した。冷蔵庫に残された少量の食品と、ペットボトル数本・お米・カップ麺・カレー・海苔などで生活しなければならない。普段の何不自由のない生活が、如何に有難いものであることかを身に沁みて感じた。スーパー・コンビニ等に食料が供給されない。物流業者は「福島」と聞いただけで、放射能汚染が心配で配達してくれない。友人・知人・親戚からの支援物資も届かない。福島は「陸の孤島」となってしまった。やがて、給水車が数日後にやっと団地に回って来た。団地の住民は、ポリバケツや鍋・やかんなど思い思いの容器を手にして給水車の前に長い列を作り並んだ。私は幾つかの水の入った容器の上に、ビニールシートを被せ、空気中の眼に見えない放射能を予防した。原発事故さえなければと唇を噛みしめた。非日常の光景が、現実として今ここにある。

一週間してからか、宅急便業者の営業所へ荷物を引き取りに行けば、荷物を受け取ることが出来るようになった。知人たちから、食料・缶詰などが多く届くようになった。母も食料の確保が出来たことに安堵の表情を浮かべていた。彼らには早速感謝の電話を入れた。

ガソリンスタンドにも長蛇の車の列が並ぶ。ガソリンの満タンは出来ず、一〇リットルが限度だった。私の車は、ジャガーのハイオク車で燃費が悪い。この時ばかりは、国産の燃費の良いハイブリット車や、軽自動車を羨ましく思った。

家では母の身の廻りの介護をした。退院してまだ間もないので、気を遣った。母は思いのほか元気だった。

友人たちから、自分のマンションに避難してこないかと誘われた。多分、原発がメルトダウンしているので、彼らは放射能の危機を懸念してくれていた。有難く思っている。知人の薬剤師のA氏が世田谷の高級マンションにひとりで住んでいる。

A氏とは、三〇年来の知人である。新宿に住んでいた時も、我が家に招待したことがある。また白馬のペンションや、六本木の瀬里奈に食事に行ったこともある。彼は瀬里奈の女性マネージャーと知り合いのようだった。

空いた部屋が二部屋有るので来ませんかと誘われた。お言葉に甘えて、マンションに引っ越しを決断した。だが、運送会社の予約が殺到してなかなか取れない。いわきを脱出する市民が多いことを知った。三月末、やっと予約が取れた。昼下がり必要最小限の荷物を纏め、いわきを後にした。後ろ髪を引かれるような思いであった。狭い運転席には、母と私が並ぶ。いついわきへ戻れるのであろうか？　これから先の東京での暮らしは、どうなってゆくのであろうか？　高速道路を一路東京へ向かう中、頭に過るのは明日への限りなき不安であった。

A氏の世田谷の高級マンションは、高層階の角部屋で、L字型の大きなベランダがある。ベランダでバーベキュウなどができそうな広さだ。流石に億ションだ。高層階からは、横浜の展望が広がる。昼と夜の大都会の顔が覗く。夜景は、宝石を散りばめた様な素晴らしいロケーションが、ひと時の安らぎを与えてくれる。反面、一〇〇〇万余の民を抱える大都会には、暗闇から煌びやかな灯りの一粒一粒の集積の中に生活があり、人にも言えぬ混沌とした苦闘が燻っているようだ。華やかな光の中にも深くて暗い影を落としているようにも思える。この都会は、大きなアメーバーのような得体のしれない物体に飲み込まれて行ってしまう。この巨大化した化け物の巨大な力は、ウエーブとなって、縦横に走り多分誰にも止められないのだろう。

母親と同居させて頂き、一か月半お世話になった。その間、母親が環境の変化などで体調を崩し、救急車に運ばれ、目黒の国立病院に搬送されたこともあった。点滴などの応急治療を受け、しばらく休んで当日帰ることが出来た。このマンションの近くには、日本体育大学や小沢一朗代議士の豪邸がある。目白の田中角栄邸には敵わないと思うが、広い敷地の角には、ポリスボックスが設置され警察官が長い棒を持って立っている。要人なのだ。政治家になる以上は、要人扱いされる程の器量ある大物政治家を目指したいものだ。だが、人から後ろ指をさされる政治家であってはなるまい。日本の衆参両院の政治家で果たしてどの政党の何人が国民目線で政治を語れるのか。国会内でも、芸能界のような不倫騒動が尽きない。男と女は、どこの世界に身を置いていても、相手の立場に係わりなく、身勝手で本能的に、相手の性を意識する動物なのだろうか。

大手週刊誌も不倫騒動ばかり追いかけていないで、本道で勝負して欲しい。まるで芸能週刊誌やスポーツ紙レベルだ。もっと、自覚とプライド、使命感をもって取材して欲しい。政権を揺るがす大スクープを狙っているのだろうか。小物政治家の不倫騒動などは、読んでもみたくはない。販売部数を伸ばすための姑息な取材としか思えない。不倫を正し、清廉潔白の政治家育成に寄与していると自負しているのだろうか？　政治家の身体検査は、公認前に党本部で見極めるべきである。その前に、自分の資質の有無を選挙の立候補前に見極めなければなるまい。私利私欲のために政治を利用して欲しくない。一般の国民に比べ、何倍もの年収を得ている。優遇措置もある。これらすべての財源は、国民から支払われている。つい、真面目な国民は、愚痴の一つも言いたくなる。

世田谷区の道路を走っている車は、注意して見ると品川ナンバーの高級外車が非常に多い。桜の咲く季節、母を連れ車椅子で、高級住宅街の桜並木を見に散歩に出かけた。避難生活の中で、咲き乱れる桜の花びらの、ひとひらひとひらに思いを寄せ、心安らぐひと時であった。住まいを提供頂いているA氏には心から感謝している。

五月初旬には、中野区の都営住宅の避難者住宅に当選して、入居することが出来た。岩手・宮城・福島県からの避難民一〇〇世帯ほどが、新築の一二階建ての高層住宅へ入居している。都営住宅では、五年間暮らすことになった。避難民に対して、多くの人たちから心の籠ったご支援の手を差し伸べて頂いた。自治会・区・都・国・社会福祉協議会・ボランティア団体・学生・市民の暖かな支援に支えられた五年間であった。

避難生活中も母を介護した。私がいわきへ帰省中に母が二階のベランダで洗濯物を干していた時に、プランタンに植えてあった花々に蜂が飛んできた。母は蜂をよけようとして転倒して左大腿骨を骨折してしまった。ベランダで一歩も動けず、電話器も離れていて救助を呼べない。幸い昼間だったので、裏通りに人が通行していたので、助けを求めた。救急車に運ばれ杉並の河北総合病院に入院した。

私は雨の日も風の日も、毎日三か月自転車に乗り見舞いに行った。会社を退職して自由な時間があればこそ、できたことだ。

退院後、母は都営住宅で手すりやポールを掴まりながら歩くことはできたが、外出時は車椅子を利用していた。

クラッシック音楽会には、何度も母と招待を受けた。世界的指揮者でいわき市出身の小林研一郎氏のコンサートにも出かけた。また、新宿末広亭の落語を鑑賞しに出かけたこともある。新宿に住んでいた時は、よく家族で末広亭を訪れて江戸情緒を味わったものだった。旅行好きの私は母を連れ、湯河原温泉にも一泊二日で、列車を利用して出かけた。西武鉄道・JR職員の車椅子対応には、とても助かり感謝している。各駅の連携や親切さには、頭が下がった。本当にありがたく思っている。職員たちは、車椅子利用者の旅をとても快適にしてくれる。有難かった。

母は身体の不自由さはあるが、私と街のレストランや居酒屋にも出かけた。私の個展にも顔を出してくれる。そこでの人との交流も生まれ、生活を楽しんでいる。

昨年三月には、東京中野区の避難先からいわき市の自宅へ戻ってきた。自宅は、震災後の傷跡も痛ましいままの部屋もある。本箱のガラス戸が壊れそのまま放置されている。書類も散乱されたままだ。三月に引っ越しの段ボールを三〇〇程持ち込み、開封していないのが、まだ七〇箱ほどある。一人ではなかなか捗らない。地震で本箱が移動して、ドアが開閉しない部屋もある。アルバイトの女性を二日間依頼して、大まかな掃除をしてもらった。まだまだ細かな作業が残っている。時間をかけて整理整頓してゆくしかないだろう。この際、要らない物は、思い切って捨てるしかないと思う。物に執着してしまうと、生活が物に押し潰されてしまう。自宅にある三世帯分（東京・所沢・いわき）の荷物はスリム化しようと思っている。母が元気であれば、整理整頓の達人でもあるので、超スピードで片付けてくれるのだが、今の身体の状況では、全く無理である。私も母の子故に、整理整頓も上手い筈だと自負している。言い訳ではないが、日常、母の介護・入浴・買い物・料理・洗濯・掃除などに時間を費やし、思うように働けないのが現実である。それ以外に毎年創作活動を推進してきた。母と姉の全集の刊行並びに詩集の編纂・家族との共著本・個展の開催・朗読会などスケジュールは目白押しの日程を熟《こな》してきた。私がもう少し若ければ、体力にも自信が在り、より効率的な仕事が可能だと思うが、如何せん年には敵わないと、最近寂しいが思うようになった。

二〇一七年には、母の帯状疱疹と食道への食べ物の詰まりなどが生じ、入院を一か月程余儀なくされた。丁度、一〇月一日には、新潟県小千谷市立小千谷小学校開校一五〇周年記念式典が行われ、親子で招待されていた。新潟のホテルも二日に亘り予約していたが、こうした事情で止むを得ずにキャンセルした。至極残念なことであった。学校側から母に短いメッセージを贈って頂き度いということで祝電を送らせていただいた。

高齢な母を抱えていると、毎日何があるか不安なことがある。最近は、両足大腿骨の付け根あたりが痛くて苦しんでいる。痛み止めやシップ薬を貼るが、効果のほどは余りない。年齢が年齢だけに、あまり強い薬も投薬できないという。トイレも簡易トイレを使うことが多くなった。毎日深夜に一度乃至二度は用を済ませる。就寝時、睡眠薬を服用しているので、足のふらつきを心配して、隣に寝て居る私が目を覚まし、母の介護を続けている。私が上京する時は、ショートステイに一泊二日利用して助かっている。とても母を一人で自宅に留守にさせておけない。薬の管理、食事・身の回りの世話などは、やはりプロに任せるしかない。母はあまりショートステイを利用したがらないが、母を説得して東京に出かける。東京へ出かけるのは、三度に二度は、依頼先へ断っている。日本文藝家協会の懇親会や日本ペンクラブの会合・友人の個展などに出かけることが多い。

老々介護の日常も、年々歳々厳しさを増してきている。去年できたことが、今年は辛い時がある。だが、こうして苦労を共にして世話になってきた自分の母親の介護を、できる慶びを感じていることもまた事実である。この年齢まで、母親と同居出来ている幸せも同時に感じているのだ。

百一歳になった今でも、母にはいつまでも気持ちを若く元気でいて欲しい。

姉田中佐知（保子）の生涯について簡単に語ってみよう。

姉は幼少の頃より、才能に秀でていた。だが、その才能は、社会では非情にもことごとく崩れ去り、挫折と敗北の連鎖の歴史の中で生きてきた。

燃え滾る才能は、火口の奥深くに沈み込み、ふつふつと半世紀有余、燻り続け、死をもって、ゆっくりと地殻変動が起こり、マグマが徐々に動き出してきた。やがて、マグマは高熱の火の玉となって一気に夜空に向かって、勢いよく噴火してゆく。夜空へ放射状に飛翔して、美しくも危険な華を天空に咲かせる。火口から流れ来る黄金の溶岩は、無慈悲に自然の木々をなぎ倒し、すべてを燃えつくし、やがて大海へと水蒸気を上げ海の領域へと侵攻してゆくのだ。

爆発から、すべてが無となり、やがて新しい息吹が芽生えてくる。ここには輪廻の世界が存在する。

姉の代表作『砂の記憶』思潮社より

暗い天空に輝く
億年の歴史を秘めた星が
砕けて　散った
それが　砂だった

海底にうごめく
巨大な岩石が
海に削られ　なぶられ　抗い
最後の一粒になった
それが砂だった

砂の誕生は
砕かれること

砕かれることが
すべてのはじまりだった

ああ
遠い日の　砂の記憶
小さな砂の粒にも
これからの生の歴史が
刻まれるであろうか

私は、姉田中佐知の『砂の記憶』発刊に寄せて、次の一文を寄せている。

かつて、これだけの衝撃があったであろうか。いつも天空の宇宙や時空を超えた生と死を見つめてきた詩人の姉田中佐知（本名保子）が亡くなった。五九歳の若さだった。母が「何故死んじゃったの！　どうして！　どうして！」と絶叫し号泣した。これ程まで、取り乱した母の姿を見たことがなかった。私も何十年も涙を流した記憶がなかったが、涙があふれ出て、いつまでも止まらなかった。

田中佐知の「物」という詩がある。

ある日
ひとが　死んだ
物たちは　静かに生きている

ひとのいのちより
物たちのいのちは　強い

沈黙と　乾燥と　従順の勝利
血を持たないものの　勝利

物たちは　形見という名をもらい
親族へ　分けられていった

死んだひとの日常を
かすかに　匂わせて

この度、田中佐知が二十年来書き続けてきた詩集『砂の記憶』が思潮社より刊行された。処女詩集『さまよえる愛』（一九八三年二月思潮社刊）から二十一年の歳月が経つ。姉はかつて「言葉で組み立てる世界は、地味な力仕事でもある。だが詩を書く者は、わが内なる声、そして万物の、言葉にならない言葉をすくい上げ、心を通わすことが使命のように思われる」と語っていた。

二〇〇四年二月四日、午前三時三十五分、姉は、東京・新宿の総合病院で、直腸ガンのため永眠した。

ガンであることを家族は、最後まで告知できなかった。それは、本人のナイーブな性格から、告知した時、そのリバウンドで自殺をも辞さないのではないかと懸念したからである。現代では、国民の三人に一人はガンで死亡すると聞く。告知は、時代の趨勢で、今や常識のようでもある。ガンと真正面から対峙し、ガンの治療に患者、家族そして医者、看護師達が協力しあって治療に当たる。それも立派な対応の仕方だと思う。だが、家族の選択肢は、苦渋の選択ではあったが、「告知せず」の結論だった。告知しないがために、家族も医者も四年一か月の間、人に言えぬ苦労があった。

本人はもとより、母・兄・私もまさかこんなに早く死が訪れようとは、夢にも思っていなかった。突然の招かざる来訪者の死神に、姉は困惑と狼狽、拒絶と嫌悪を禁じ得なかったに違いない。精神と肉体の乖離が、生への終止符を打った。姉は、私たち家族の手から、神の手へ渡ってしまった。

肉体的、精神的苦痛からの解放、日常からの解放、人間からの解放を、自らの肉体を解体して、自由と安らぎを獲得した。そして天界へ昇天して行った。帰らざる人になってしまった。

しかし、姉の思考回路の中では、一月に手術を成功裡に終わらせ、二月に退院し、年内に念願の詩集『砂の記憶』を思潮社から出版する。次に、今迄マスメディアに発表してきた数多くのエッセイをまとめあげて出版するという自分なりの構想があった。

自分の人生で、蓄積してきた知識、経験、ノウハウを創作に生かし、円熟した作品づくりに取り組んで行こうと決意していたに違いない。だが、余りにもあっけなく、人生の歯車が壊れてしまった。

独特の感性と知性を持った佐知。その才能を生かし、詩や散文に開花させて、世に飛翔したかったと思う。

妥協を許さない完璧主義者の佐知が、『砂の記憶』をどのような切り口で、編集、構成し完成させたかったのか、今となっては、知る由もない。残された原稿を前に、母と私は、茫然と失意のどん底に突き落とされていた。

詩の順列、小タイトル（タイトルのない作品もある）、あとがきをどうしたらよいものか？教えて欲しい！　答えて欲しい！　と悲痛な叫びをあげた。だが、勿論、答えなど返ってくる筈はなかった。ただ重く暗い悲しい沈黙だけが、部屋に淀んでいた。出版の為には、この難局をクリアーしなければならない。試行錯誤しながらも、詩の序列、タイトルを考えた。だがほんとうにこれでいいのだろうか？　姉は、納得してくれるのだろうか？　詩心のない私には反復してみるが、正直分からない。ましてや『砂の記憶』の総括としてのあとがきは、私に書く資格、資質、器もない。しかし、何度も母に説得され、田中佐知への熱い想いの一端と足跡を、家族の一人として、記すことが出来ればということで、僭越ながら、筆を執らせて頂いた次第である。

姉は、思潮社の小田久郎氏とは、処女詩集『さまよえる愛』以来のお付き合いであった。私が残された原稿の『砂の記憶』のご相談にお伺いすると、快く編集、構成をお引き受け頂くことが出来た。誠にありがたく思っている。

闘病生活は、入退院を不本意ながら幾つもの病院で繰り返してきた。だが、苦しみばかりが支配していた訳ではなかった。元気な時には、山口の萩、新潟、箱根、いわきなどの旅にも家族で出かけた。隅田川の夕涼みの後、江戸情緒ある向島の料亭で会食をした。母の故郷、小千谷、佐渡島への訪問。四季の箱根路の温泉。いわきの山河・海・温泉などに親しみ豊かで美しい風土から安らぎと、活力を与えて貰ったとよく語っていた。

夜の六本木での食事とワイン。好きだったモダンジャズを満喫し、スウィングしたあの日。新宿、末広亭の落語鑑賞。病を瞬時、忘却し爆笑していたあの笑顔等々。姉は元来、優しさと、明るさを備え、ユーモアー、ウィットのセンスに長け、お洒落な人であった。

また、闘病生活の中でも、クリエイティブな仕事を精力的に手掛けた。来年米寿(八十八歳)を迎える作家の母、田中志津の小説『佐渡金山を彩った人々』(新日本教育図書)や『冬吠え』(光風社出版)の全編朗読を埼玉県のエフエム入間放送で、約二年間に亘り、死の直前まで、心を込めて朗読した。

また「新潟日報」の「晴雨計」に、六か月を掛け、毎週エッセイを執筆した。この四年一か月は、病との厳しい戦いの日々であったが、その反面、佐知の人生に於いて、最も輝かしいクリエイティブな仕事が出来た密度の濃い歳月でもあった。究極の中で、創作活動に取り組んできた姉に、改めて深い敬意を表したい。

果たして、ガンを告知していたら、これだけの業績を残すことが出来たであろうか。自問自答してみる。姉の性格から判断して、家族の選択は正しかったと信じたい。告知をしなかったことにより、生きる力、明日への目標、エネルギーが姉の肉体に宿り、進化、成長して、その力を発揮し創造的仕事を完成させたと言えよう。

晩年の田中佐知は、病との闘いの中で、人間の持つ限りない可能性を証明してくれた。

姉は、三人兄弟の間に生まれた長女で、少女の頃より、聡明だった。演劇が好きで、才能もあった。小学生五年生の時、劇団に入ってはいなかったが、ラジオ連続ドラマ「赤胴鈴之助」に応募し、八百人の中から八人に選ばれた。ここから四人を採用することになったが、最終選考で落とされた。理由は「科白がとても巧みすぎること。番組では、素人っぽい人、これから育っていく人を求めている。今回の企画には、あなたは、合わなかったが、将来きっといい声優になれるでしょう。声もいいですし」ということだった。合格者には、吉永小百合、山東昭子、藤田弓子らがいた。

その後、映画の子役で、都内の三百ある児童劇団の中から、ダブルキャストとして、姉が一人劇団から選ばれた。

ロケ先はある地方の紡績工場だった。短い絣の着物に襷を掛けた小柄の佐知が、峠道を駆け降り工場に入った。内部にはたくさんの機織機が並んでいた。入口の機織機の前で、薄っすらと額に汗した佐知が、器用に機を織っていた。その仕草は、華奢で可憐だったと母は振り返る。しかし、周囲のスタッフの人々の予想に反して、ここでも最後の選考で外された。

佐知の詩の一編にこんな詩がある。

1＋1＝2
ではないことは
十三のとき知った

……
甘すぎるやさしさの三乗は
嫌味を生む

加えて　引いて
割って　掛けて
数千年前に生まれた
数字の神秘は
時に　数学上の意味さえ超える
……

大人の世界の不条理さなどを、幼い子供心に垣間見てきた姉の心境は、いくばかりであったであろうか？

しかし、幼い頃から日常の生活に於いて、姉は決して暗くはなかった。純で明るくユーモアーに富み、そして凛としたところがあった。

我が家は、東京渋谷の道玄坂下の家から新宿に移り四三年間住んだ。新宿の家の庭には檜の木々が立ち並んでいた。その木々の間に挟まれて、高く細い梨の木が一本あった。永い年月、姉の誕生日になると必ず梨の木に白い花が咲いた。

この梨の花について、二十七歳の頃書いた私の好きな姉の詩がある。

「梨の花」より

梨の花の白くして／四月の澄み空に向いて／咲きにけり／梨の木は高く細く／その花ばなは／雪に似たれり／しかれど雪より淡く／雪よりやさし／四月の風は／梨の木づえをゆすれども／花をも／散らさず／あたたかき／日ざしの中をそよぐのみ／胸に浸み入るは／四月に誕生たる歓びなり／ああ／梨の花の／白くして

アナウンサー志望だった姉は、大学に通う傍ら、アナウンサー養成学校にも通学していた。この学校では、アナウンサー合格間違いないと言われていた。期待に胸を膨らませて放送局の就職試験を受験した。だが結果は、またまた敗北の二文字であった。

あの頃の姉の子供時代のライバル達は、その後、女代議士を経験している人や、知る人ぞ知る大女優となり、ＣＭ、映画で活躍されている。大学も養成学校も同期だった落合恵子は、人気アナウンサーから作家になり活躍されている。

田中佐知の生きざまは、子供の頃より、挫折と敗北の連鎖の歴史でもあった。加えて、家庭生活に於いては、小学校高学年より、父親の酒におぼれた地獄絵さながらの環境の中で、思春期、青春期を余儀なく過ごさなければならなかった。父親は、六大学の一つの商学部を特待生で卒業し、その後、名門の法学部を卒業した男でもあった。だが、父は、大手企業の工場長に飽き足らず、サラリーマンから独立し、事業を興したが失敗し、酒に逃避し、ほろびの世界へと突き進んでいった。

感受性の強い大切な時期は、恐怖と不安とが混在した、暗くて長い悲しい時代であった。思春期、青春時代の蹉跌は、大きな負の財産として、精神構造に重く、深く刻み込まれていった。『砂の記憶』は父との葛藤の記録でもある。
負の財産を正の財産に奇跡的に転化させた原動力は、何といっても、母親のひたむきな子供たちへの愛の姿であった。母親の精神を、血流を生きざまを真正面から受け継いだのは姉であった。逆境の中にあっても自分を見失わず、逆にそこを原点として捕え、強いバネとして生きてきた。

もし　わたしの心の中に
ひとつの尺度があるなら
それは　悲しみです

悲しみによって　愛を知り
悲しみによって　絶望の淵を見
悲しみによって　美しさが輝き
悲しみによって　希望さえみつめられるのですから

姉の才能をいち早く見つけたのも母親であった。大学ノートに書き連ねられた詩を読み、感動して詩作活動を薦めた。

姉はパリで自作詩を朗読し、異国の人達を魅了した。

言葉を媒介として、詩・エッセイ・朗読などに自己表現を探求してきた田中佐知。

佐知は、若い頃より天才寺山修司を尊敬していた。一九九六年一月、東京俳優座に於いて寺山修司の実験映画二本を上演した後、岩波映画の社長と対談した。対談後、社長と佐知の夫々の自作詩を朗読し好評を博した。観客達との質疑応答もあった。

死の直前の二〇〇四年一月三十日、詩集『見つめることは愛』を朱鳥社より刊行した。病室に完成された本を持って行くと、その本を手にして、じっと表紙を見つめていた。母と姉の強い要請で、表紙の女性像は私が水彩で描いた作品であった。納得したような表情で、ゆっくりとページをめくり、詩の一篇一篇に目を通していた。その表情は、病人とは思えぬ程、健康的で神聖なものであった。充分、納得し満足していた表情が忘れられない。

数日後、販売を待たずして、その反響も分からぬままに、二月四日未明、姉は帰らぬ人となってしまった。

わたしは／宇宙の小さな／砂の粒／その小さなわたしの中に／大きな宇宙の一片《ひとかけら》が／少しずつ入っていると／感じてしまうのは／傲慢かしら？／遠いむかし／わたしは／空／ふかい／海／美しい花／差し込む光／闇／とぎれがちな雨／そしてわたしは／さり気ない風景でさえ／あったかもしれない／そうした彼らの前でわたしは／いつも／憧れにみちた瞳で見つめている／／ああ　そして／奇妙なほど熱く哀しい思いで／彼らでありたい　と叫んでしまう／あるいは／彼らが　欲しいと／わたしは／さまざまな　美しい自然の姿に／感応し／揺れ　砕かれ　分散され／ついには／ほんとうの／砂の粒になっていく

「わたしの中の風景」より

ヴォリュームのある
海のような詩が書きたい
うねりがあって
複雑で

それでいながら
力づよい　大きな調和を
もっているような

その時
わたしの詩は
すでに詩ではなく
海そのものになるでしょう

『砂の記憶』は、一九八六年七月の詩誌「ハリー」創刊号より一九九〇年三月（二三号）まで、連載詩として、掲載されたものが中核である。又　詩誌「ラ・メール」一九八五年一月（冬号）に「捩じれる」、「光と影」が掲載されている。ほか、若かりし頃の作品「休息」などと、近年二〇〇二年〜三年に書かれた詩を再構成した。

詩集『砂の記憶』は、田中佐知のまさに鎮魂歌である。

思潮社の会長小田久郎氏はじめ、編集部の藤井一乃女史に厚く感謝申し上げる次第であります。

二〇〇四年七月六日

姉は詩論について、自らの言葉で語っている。次に紹介してみよう。

## 詩論

詩・生誕の磁場

田中　佐知

「詩とは何か」を問われることは「生きるとは何か」「自分とは何か」を問われることであり、根源的な意味を含んだものである。したがって、これが正しいと言いえるような明快な答えが提示されないのが詩であると言ってもいいだろう。それぞれの個人が、それぞれの人生を生きることによって解答が出される個人的なものかもしれない。

たとえば、詩とは心にあふれくる感情をことばによって表現するものであると、おおまかに考える時、詩は人間のいのち、心と密接に結び合い、切り離して考えることのできない深い関係にあることは自明の理である。心とは真、善、美、愛、哀しみ、悪徳、嘘、嫉妬、祈り、喜び、創造、裏切り、希望、絶望すべてをとりまぜた、ごちゃまぜの混沌（カオス）である。詩の生誕の磁場は複雑な思惟、感情の生息するまさに混沌の大地なのである。混沌を秘めた人間がさまざまな現実とぶつかり、心を動かされたとき、ひとつの詩が生まれるのではないだろうか。あるときは淘汰されたひとすくいの水のように。しかし、感情を表現したものがすべて詩となり得るかというと、そんなことは決してないのである。詩であるか詩でないかの分岐点を、どこで引いたらいいだろう。まず第一に、その書き表されたものが単なる説明であれば、それは詩とは呼べないはずだ。詩であるためには、感動がなければならない。感動を与え新鮮な驚きで魂をふるわせることにこそ詩の価値があり、また特質があるのではないだろうか。第二には、ことばの密度が高く、語と語が反映し響き合い、ひとつの小宇宙が感じられることである。

時には燃えたぎるようなエネルギーの放出を、時には深閑とした空間がただよい、永遠性が感じ取れることだと思う。第三には、作品の中の「わたし」と作者のわたしはイコールではない。作品である以上、作品の中の「わたし」は作者のわたしがいったんつき離され壊され、再生したものでなければ、作品としての輝きは消失してしまうということである。自分の詩を棚に上げて御託だけを述べた気恥かしさがあるが、詩作品とはこうありたいと思う私の願望としてお聞きいただきたい。

さて、人間が現実とぶつかり合った時、詩が生まれると述べたが、なぜ詩が生まれるのだろうか。それは人間が自己と世界を深く認識したいからにちがいない。自分という存在を明らかにし、世界を自分なりに把握したいという欲求が、表現欲、創作欲に結びつき詩を生ませるのだと思う。私が詩を書く理由もおそらくここにあるのだろう。自分自身の深みに向かって詩を書きこんでいくことが、私の生を彫り込むことであり、世界が秘めている真理にわずかでも触れることが出来るのではないかと願っているのである。しかし、世界と自分を見据え一条の真理に触れたいという切望は、アイマイさのままに終わってしまうことが多い。人間存在が不確かで危ういものであり、世界もまた微妙に闇と光を包含し、思惑あり気に見え隠れしている存在であれば、詩もまたアイマイさを生んだとしても不思議はないのである。たとえアイマイであっても、そこにわずかなきらめきと永遠のカケラが感じられ、自分のことばとして表現されていることに意味があるのだと思う。

だが、はたして自分のことばなどはあるのだろうか。ことばの一つ一つの単語はすべて日常使われている既成のものである。既成のことばを使って、ことばの配列、響き合い、構成を考えて自分が深く感知したものをつくりあげようと意図し創作することが、自分の小宇宙、つまり自分のことばをつくることになるのかもしれない。ここで詩のことばについてもう少し考えてみたい。詩のことばは読者にとっては、詩のことばを透かしてその向こう側に立ちあらわれてくる詩人の思い、詩人の世界を感じとることである。表にあらわれた詩のことば自体より、ことばとことばの見えざる行間のアワイこそが重要なのではないかと思われる。詩人は、ことばを使ってこの見えざる響きの世界を創ることなのだろう。そして実際詩人は、こうした見えざる響きに熱いまなざしを送る生き物のようである。誰もいまだ見ていないもの、触れていないもの、聞いていないものを名づけたい情熱にかられている。自分にだけ見え、聞こえ、感じられる小宇宙の創造。それは日常という現実を足場に、もうひとつの非現実の世界を創ることであろう。この現実の世界をもう一度自らの手で、自らの世界に再編成することが詩の創造といってもよいだろう。

ところで、詩に限らず創造を人間が行う事は、ジイドによれば創造主であるところの神へのひとつの反逆のようなものであり、彼はドストエフスキーの研究の中で「悪魔の手を借りない本当の芸術作品など絶対にない」と述べている。なるほどランボーや、ロートレアモンやブルーストやブルトンなどの作品は、悪魔的といってもいいかもしれない。日本でいえば、村山槐多がそうであろう。悪魔に魅了された翼なき天使は、その早熟な才知と狂えるほどの熱血で、みずからの短いいのちを燃焼してしまった。槐多にとって、自分の世界を創造するという非現実の世界は、現実と非現実の境もないごうごうと鳴る嵐の激しさではなかったか。絵を描き、詩を書き、そして生きることはまさに「血染めのラッパを吹き鳴らす」ことだったにちがいない。熱血ときらめく才知、それらと表裏をなす孤独や悲哀、絶望感が、槐多のはなばなしくも痛ましい創造の土壌だったのだろう。悪魔、あるいは狂おしげな天使にとり憑かれた槐多は、この地上で痛ましく燃え彗星のように消失してしまった。

槐多を想う時、なぜか父の生き方と重ねてしまうのだ。父は、むろん天才でも画家でも詩人でもなく、サラリーマンから一事業家への道をたどり、六十四歳まで生きながらえたのであるが、父の生き方もまた凄まじかったのである。自由奔放に生き、だがみずからの魂を傷つけ、衰えることのない生きることの活力がつねに負の悲惨さの中で輝き、己と他者を責め、苦悩し、酒を煽った火だるま。父は全力疾走ではあるが、槐多の言う「私は落ちゆくことがその命でありました」そのものであったように思われる。反面、可憐な花を愛し、弱い立場にいる人のために、惜しげもなく金銭を使い面倒をみてやる父であった。そうした人たちに裏切られても、懲りることなく頼ってくる人には善意をそそぐのだった。複雑で屈折したかに見える心の底流には、涙もろく傷つきやすい魂のふるえが、地底から湧き上がる清水のように、無心に息づいていたのかもしれない。おだやかな時に見せる父のやわらかく澄んだ瞳が、それを物語っているかにみえた。しかし、おおかたの父の生活は、苦悩と自らつくった怒りにふるえ、さびしい魂をかかえて火花を散らして生きる熾烈なものだった。その身には常に燃え尽きるような滅びの匂いをまとっていたのである。

父のそうした姿を見、もろにその火花を浴びて育った私は、日常生活という現実がすでにあり得べからざる非現実の様相を呈していたのである。非現実を悲現実と書いてもよいだろう。非現実という現実の中で、私は詩を書くことによって、もうひとつ別の非現実を獲得する必要があったのかもしれない。私の詩の生誕の磁場は、悲しみであるといってもよいだろう。悲しみという、感傷を含んではいるが痛ましいその心情は、つめたい炎のようでもあった。私自身の内的風景も外界の世界もすべて悲しみの奥底の、青い闇の中に立ちあらわれた。第一詩集『さまよえる愛』は、そうした揺らぎの陰影の中から生まれた。そして、私が砂の詩を書きつづけるのも、やはりこの悲しみに根源の水脈をみい出せるのである。しかし、父が亡くなってから久しい今、無性に父が愛おしく思われるのである。それは、哀惜とも憐憫《れんびん》ともちがう、娘として父に感じる血のあたたかさ、なつかしさなのだろうか。

自分の詩のバッググランドの一端を晒すことは、私の好むところではないが、しかし書かれてしまった詩は、私という存在の生々しさから脱皮し、できることなら詩として歩み出し、読んで下さる方々の自由な思いにゆだねられたら、うれしく思う。力及ばずでなかなかいい詩は書けないのだが、書くことだけは続けていきたいと願っている。

## 親子三人展

一九九三年九月八日から一五日まで、パリで「親子三人展」を開催した。

私は会社の有給休暇を一〇日程取得した。

東京からパリまで、往復船便を使い片道一か月かけて油絵や写真などを搬入した。

パリでの親子三人展の様子を姉がエッセイで書いている。紹介してみよう。

## パリ・三人展

パリ。歴史の重みと豊潤な文化が今に息づく街。さりげなく行き交う人々は、おしゃれで個性的だ。パリという魅力的な街が、人々の感性を育て、同時に人々が常に新鮮な活気を街に与え続けている。

何度かパリを訪れたが、一九九三年秋、「エスパス・ジャポン」で「親子三人展」を開催したことは思い出深い。

作家の母と、写真や絵を描く弟、そして私によるイベントである。

この催しを提案したのは弟の田中佑季明である。一人パリに飛び、会場を決めてきた。弟は我が家の起動力である。私の詩の朗読会や家族旅行に至るまで、計画を立て着実に実行に移す。母や私の良き相談相手でもある。

「エスパス・ジャポン」は、日本の文学作品を多く蔵書する図書館である。広いとは言えないが、イベント空間もある。

この会場に、弟はしなやかな女性のポートレートや、浅草・三社祭の男衆、そして油絵を展示した。母田中志津は通訳を交えて、「私の人生と小説」と題して講話した。

波乱万丈の母の人生に、会場の人々の共感と涙を得た。熱意を込めて、流暢なフランス語で通訳してくださった日本女性の山本道代さんにも、私たち親子は心を打たれた。

私は、自作詩がフランス語に要約されたものを展示し、来場者にも手渡した。朗読は日本語で行った。詩の合間にショパンのクラシック音楽を流した。朗読が終わると、「トレビアン！」という歓声とともに拍手が沸き起こった。

「凛とした朗読だった」「日本人の感性を知った」という感想をいただいた。異国の地で、言葉は違っても心が届いたことがうれしかった。会場には、パリジェンヌや淑女、そして日本企業の駐在員の人々が集まった。

催しが終わると家族は帰国した。私は一人でとどまった。サンジ・エルマン・デ・プレからモンパルナスの丘、セーヌ川岸を散策した。初秋の風が快かった。「三人展」がパリの人々に受容された喜びが、私の心を満たしていた。

帰国後、朝日新聞で、「家族ぐるみ家族で個展」が報じられた。

海外旅行は、家族で出かけることが多かった。外国の歴史や文化などを一人で享受するのではなく、家族でその感動を共有したかった。そのきっかけは、私が二〇代半ばのころ、西ドイツ（当時は東西が分裂していた）にホームステイで一か月滞在したことがある。日本と違う、異国の地の歴史文化などを家族に体験させてあげたかった。香港・マカオ・台湾・韓国・フィリピン・タイ・シンガポール・ハワイ・イタリア・フランス・スイスなどを家族で歴訪した。だが、姉に対して、今でも後悔していることがある。それは、ある年、イタリアのベニスに家族で行くことになっていた。姉がベニス行きを熱望していた。旅行会社に予約して、会社にも了解を得ていた。だが、母が、旅行直前に、風邪をひき熱を出して、出かけられなくなった。母は姉弟で行ってきなさいと言われたが、私は会社の仕事のことやら、母をひとりで日本に残しておくのも心配だった。至極残念であったが、ベニス行きをキャンセルした。姉は、「どうしてキャンセルするのよ。こんなに楽しみにしていたのに。失礼しちゃうわ。行明！」と立腹し、納得が行かない表情をしばらくの間していた。今から考えると、あれだけ楽しみにしていた姉のベニス行きを実行しておけばよかったと後悔している。ベニスへ行っていれば、姉の作品が幾つも生まれたであろうに。本当に申し訳なく思っている。

姉のプロ根性を見せつけられたことがある。

姉がＪＡＦのスポット紀行に寄稿していた時のことである。北海道の小樽にカメラマンと同行して、寄稿文を完成させて編集部に原稿を持参した。編集部より、詩人らしい文章を強く要求された。姉は提出した作品も決して悪くはないと思っていたが、編集部の要求に応えた。編集部より締め切りの関係もあるので、明日迄に書いて欲しいとのことだった。姉は少し落胆した表情で帰宅してきた。夕食を取り、一休みをしてから、気を取り直して、二階の自分の部屋の机に向かった。姉の表情は真剣だった。姉の部屋の灯りが深夜まで灯っていた。姉は徹夜して、原稿を書き上げ提出した。そのスポット紀行を紹介しよう。

## ノスタルジック・ロマン小樽

灰色の天空から降りしきる凍れる白い花、雪。小樽の雪は、無数のつめたくやわらかい花びらの中に、潮の匂いを含んで降りそそぐ。真昼の明るい雪に影はない。だが、雪のきらめきは、青春の熱情と悲痛でもある。小林多喜二が若くして非業の死をとげたのも、雪の季節ではなかったか。時の重みにわずかに淀んで、煙るように運河が流れる。うらぶれた情感をたたえた、その広やかだったからだを半分に痩身し、新しい御影石とガス灯で、思わぬ美しい化粧をほどこされた運河。若やいだ衣装をまとった、年を重ねた女のように、運河はかすかな戸惑いと恥じらいを見せながら、それでも悠揚とたゆたっている。

だが、港から運河へと入りくる船はすでにない。かつての日、漁船や雑穀を積んだ船が往来し、水面を揺らして荷揚げをする、屈強な男たちの姿があった。はるかな時の賑わいを、運河は水底に深く抱いているのだろう。しかしいま、静かに波打つ胸にあふれくる、熱きいのちの歌を、運河よ唄うといい。洗われたような瞳で、空を仰ぎ見ながら――。船の通わぬ運河なら、みずからの夢の船を浮かばせ帆をあげて、大海へと流れるといい。

鴎が十数羽、水面をかすめて運河を誘うように港へ飛翔する。

風のつめたさが街を透明にしていく。

古レンガ造りの倉庫や、石造りの重厚な洋館が、過ぎし日の栄光の面影を秘めて、遠い異国の風景のように雪の中に佇んでいる。

小樽のほとんどの倉庫はいま、昔日の趣を残したまま新しい時代の空気を吸い、博物館、グラス・ショップ、オルゴール堂、喫茶店に変容し、伝統を生かしたガラスの街として、ノスタルジックな優雅さを漂わせている。

石造りの倉庫を利用した、北一硝子のほの暗い店内。通路の石壁に、淡いランプの灯かりがまたたく。通路には海まで続いていたトロッコのレールが残され、海からそのまま荷物が運ばれたのであろう。歴史の襞が奥深い時間の波になって、私に静かに寄せてくる。

石壁を背景に、タンブラーやクリスタルの花瓶、アール・ヌーヴオー調のワイングラスが、淡い光の中にきらめいている。

落したなら、無惨に壊れてしまうガラスに心惹かれるのは、危ういもろさと、透き通ったつめたさのためだろうか。しかしガラスには、灼熱の炎の記憶が刻印されている。赤あかとうねり、ほとばしるダイナミックな流動体から、つめたく張りつめた静寂な個体への変貌。その生成のドラマに、私は痛みをともなった、いとおしさを感じる。灼熱の炎から、水や雪、氷のつめたさが生まれる妖しい魔術。ロマンに満ちたガラスが、砕かれた時の鋭利な破片には、危険な敵意さえ感じさせて、ガラスの心の激しさと、元のいのちには戻らぬ歴然とした哀しみを知る。

だからひとはガラスを手に取ると、壊れることへの予感にふるえて、そっと息をひそめるのだろう。そして危うさの上にあるのは、自らも含めた、存在するものの総てにとっても同じことだと、無意識の了解をガラスの中に見ているのかもしれない。しかし、ガラスには激しさを通ってきたものの、あるいは変容を経験したものの強い輝きの清明さと、可能性を静かに息づかせているように思える。

雪降る小樽の、ガラスのきらめきのような街を歩む時、懐かしさに似た温もりが感じられる。窓にゆれる灯かり、急な坂道を行き交う人々の微笑、風雪に耐えた建造物が醸し出す、あたたかさのためだろうか。

壁肌は歳月の中で、人々の愛と哀しみを吸収してきたにちがいない。それ故に私たちと物語ることが出来るのだろう。闇の色を混じえて沈もうとする、夕映えのような赤レンガ。小樽軟石の灰色がかった青。運河沿いの倉庫群のなじみきった衣服のような、土いろや褐色の壁。濁りをくぐって洒脱されたこうした壁面の前で、私は何を語り得たのだろう。おそらく言葉にならない安らぎという、かすかな吐息にすぎなかったのかもしれない。

風に煽られた雪が、倉庫や石造りの建造物の屋根に降り積もる。佇む私の肩にも降り積もる。この時一瞬、私は小樽の街と同化し得たような親密さを覚えたのだった。

運河のガス灯に火が灯される。闇を扇状に切って、倉庫をライト・アップする光の中に雪が乱舞する。雪は頽れる無数のガラス、狂おしげに散る花、そして闇の中から生まれた言葉のように舞う。深い想いに揺れる船の通わぬ運河に、わたしは心を重ねる。雪でつくった、かすかな慟哭を秘めた夢のガラスの船を、わたしは海へと続く暗い波間に静かに流す。

田中佐知は、没後数多くの著書を刊行してきた。詩集『見つめることは愛』『砂の記憶』『樹詩林』『二十一世紀の私』『詩人の言魂』『田中佐知全作品集』『木とわたし』『田中佐知絵本詩集』現代詩文庫『田中佐知詩集』韓国版『砂の記憶』『見つめることは愛』共著『ある家族の航跡』『三社祭＆Mの肖像』『田中佐知花物語』などがある。

また、作曲家森山至貴氏による組曲「鼓動」や荒川誠氏による現代音楽「孤独Ⅰ・Ⅱ」斉藤まりの先生の「痛み」などがある。

平成二一年には、新宿歴史博物館に於いて「追悼・生誕六五周年記念田中佐知朗読会」が、私のプロデュースの下開催された。

また、平成二二年には、俳優座に於ける「田中佐知珠玉の自作詩朗読」がCD化された。

こうして、田中佐知の足跡を辿ってみると、確かな実績を残してきた。作品を書き続けていた姉には、敬意を表したい。「詩」や「随筆」はすべて出し尽くした。あと残っているのは、日記だけである。日記は、人に見せるために書いたものではなく、赤裸々な描写もある。本人のプライベートなどを考慮すると、発表することも躊躇される。

五十九歳十か月の人生は、短かったのか？　平均寿命からすれば、短いものであったであろう。だが、人生の善悪は、時間の長短だけでは測れないものがある。如何に凝縮された人生を生きるか、その密度が問われる。生前に果たしきれないことも幾多とあったであろうが、没後の田中佐知の作品群を通して、全体像が総括されるものだと思う。いわき市の大國魂神社には、平成二六年、姉の代表作『砂の記憶』の詩碑が母と弟の歌碑と並んで建立されている。

未来永劫、田中佐知は生き続けていて欲しい。

## 私を語る

私は小・中・高校と平凡な学生生活を送っていた。団塊の世代なので、小学校時代から競争社会の中に身を置いていた。中学・高校では、クラスが五〇名を超える生徒がいて、一〇クラス以上の学生たちが通学していた。だが、競争社会の中でも、本人はいたってのんびりとした生活を送っていた。

兄も姉も成績が優秀で、小学校では学級委員をしていた。私には縁がなかった。特に姉は学校では華やかな存在だった。小学校では放送部で、運動会の司会進行を務め好評だった。また、新宿区の映画コンクールで二位となった八ミリ映画にも主演で出演していた。ラジオ局が小学校の講堂を訪問して、生徒に歌を歌わせる番組があった。姉は聴衆の前で「かもめの水兵さん」を歌っていた。司会者の女性のインタビューにも、しっかりと応えていた。当時の私にはとても真似ができないことだった。

私は目立たない存在で、成績も常に真ん中当たりをうろうろしていた。あえて、私が小学校で特筆することを上げるとすれば、新宿御苑の前にあった文化センターで、新宿区内の小学校の絵画コンクールがあり、そこで、私の水彩画が入賞したことがある。嬉しかった。また国立競技場の赤いトラックで、一〇〇メートルを走ったことぐらいだ。タイムが特に良くて選ばれて走った訳ではなく、新宿区内の小学校の大会で、天神小学校のクラスから選出されたものだった。クラスの中では、足がたまたま速かったことで選ばれた。結果は、ライバル校の壁が厚く三位ぐらいだったと思う。私は順位よりも、むしろ国立競技場で走れたことが嬉しかった。

家庭生活は、豊かでない時代を強いられていた。加えて親父の酒癖の悪さも相変わらず続いていた。

中学時代に母は、お金もないのに、私を塾に通わせてくれた。主に英語塾だった。新宿の厚生年金会館の中にある塾や、千駄ヶ谷の津田塾大の塾に友人と通っていた。だが、親の期待に応えられず、成績は芳しくなかった。

高校時代は、多くの学生がゼミに通っていたが、私はあえて行かなかった。大学の受験勉強もほとんどせず、やっと三年の秋ぐらいから本格的に始めた。こんなことで希望校に合格することは無理だと思っていた。家の近くに早稲田大学があったのだが……。

東京経済大学に入学してから、社会科学系の学問に目覚めた。アダムスミス・カント・サルトル・マルクスなどを知り、社会の構造が見えてきた。高校時代とは全然違う大人の世界があった。全国から学生が集まってくる。地方出身者は、下宿生活をしている。私は親元から、のこのこ通学している。同じ学生でも生活環境が異なり、友人たちが自立していることを知った。兄弟が三人とも大学に進めたのは、東京に自宅があったからだ。地方から東京へ下宿することなど、我が家の経済状況ではとてもできなかった。兄と姉は明治大学に進み、私は東経大へ通った。

私が大学時代で誇れることは、四年間の授業料を自分ですべて支払ったことであろうか。入学金も一時親に建て替えて貰ったが、時間差は在ったものの、自分で支払った。当然、アルバイトに東奔西走した。アルバイトは、社会の裏面の一部分を覗き見ることが出来る。表の顔と裏の顔がある。アルバイト先は、中小企業から大手企業までの事務職から軽作業・サービス業と多岐にわたった。厚生省の事務、大手企業の事務、業界新聞の雑務及び営業、西銀座デパートの飲食店の店員、六本木の高級中華料理店のボーイ、新宿高層ビルの中にある中華飯店のボーイ、後楽園のゲームセンターの管理、目黒駅ステーションビル内にある魚屋の店員、ポスター張り、ＣＭ写真撮影の助手などである。学校の春・夏・冬休みは勿論のこと、空いた時間はアルバイトに精を出した。事務職で熱心な仕事ぶりが認められ、卒業したら就職しないかと大手企業の部長から誘われたこともあった。私は生意気にも、その会社のベクトルが、私と違うのでお断りした。防衛産業には抵抗があった。アルバイトをしながらも、大学の授業には極力出席していた。新しい知識を吸収出来て、授業が楽しかったからだろう。好奇心が湧くと、自ずと学問に対する姿勢も熱が入り変わるものだ。お陰様で、成績の方は優の数が多かった。これならば、大手企業の内定は取れると確信していた。だが、結果は希望企業を二・三社受けたが落とされた。少し挫折感を味わった。そこで安易にファッションメーカーに就職するが、研修中に腰痛で身体がきつくなり短期間で退職した。

大学時代は、一九六八年から七〇年にかけて学生運動が全国に広まり激しかった。

学費値上げ反対、学生会館の自治、大学改革・反戦・三里塚・成田空港反対などを掲げ、大きな社会問題となった。

東大の安田講堂では、二〇〇〇人の全共闘・新左翼の学生たちが立て籠もり、八〇〇〇人の機動隊との激しい攻防があった。火炎瓶と投石に対して、催眠ガス弾や催眠放水が地上と上空から学生たちに浴びせかけられた。双方に多くの犠牲者を出して落城した。

多くの学友が機動隊との闘いで逮捕され、その後の人生を変えられた人もいる。学生は純粋で権力に立ち向かって行く。当時はベトナム戦争があり、反戦デモが各地で行われていた。一〇・二一の国際反戦デーでは、新宿駅を中心に機動隊との激しい衝突があった。私もその現場には、ノンポリとして出かけていた。組織には入らず、時代の動向を見極めたかった。機動隊から放たれる催眠ガスに学生・やじうま達が目から涙を流し、右往左往しながら逃げ惑っていた。この後、騒乱罪が適用された。集会の自由などが制限された。新宿駅東口駅前には、大きな植え込みが作られた。駅前の集会人数に制限が加えられた。

日比谷公園では、全国全共闘の集会があった。当時は中核・革マル・反帝学評・赤軍・連合赤軍・ベ平連・日共系と各種組織があり、激しい活動をしていた。お茶の水駅周辺の電柱には、「東京戦争」という物騒なアジびらが貼られていた。一部の組織は、より過激化して、ハイジャック事件を起こした。また仲間への集団リンチ事件や内ゲバ事件で、学生たちに対する世間の批判の眼が向けられ、学生運動も衰退してゆく運命を辿る。

振り返ってみると、昭和という激動の時代を生きてきた。平成の今は、政治・経済・行政・社会・職場・学校・家庭・地域で問題が山積している。社会運動も今一つ盛り上がりを見せていない。日本国民は、何があっても我慢強い国民性なのであろうか。

大学卒業後は、業界新聞の記者をした。通産省のペンクラブに所属していた。国会や官庁を廻って取材した。当時は、田中角栄の時代であった。参議院議員の行政管理庁政務次官大松博文氏（バレーボール金メダル監督）にインタビューしたことがある。

舞台にも興味があった。ある戯曲家の依頼で、友人とチームを組み、新宿の安田生命ホールで、「チャリティー歌謡ショー」の舞台監督をしたことがある。当時、歌手の黒木憲や霧島昇、女優の丹下キヨ子・三原葉子などをゲストに迎えた。

また構成作家より、ＮＨＫでの歌謡ショーのアシスタントの話もあったが、この道に進むことは断念した。

教職免許を取得のため、明治大学に二年間入学した。本来、東経大で取得できたが、私は当時教職の履修をしていなかった。

免許取得後、都内の女子高で四年間教職を務めた。だが、長い人生、このままで果たしていいのかと迷いもあった。学校を自己都合退職して、三菱へ入社した。気がつけば、サラリーマン生活も三〇年過ごしたことになる。会社勤めの中、個展などを精力的に行った。いわき市・大阪・東京・パリなどで催した。在職中に写真集『ＭＩＲＡＧＥ』を姉との共著で刊行した。当時、写真集と詩のコラボレーションは珍しく、多くのマスコミから取材を受けた。

個展などは、自己表現の場であった。写真・油絵・水彩などを展示した。それに飽き足らず、クロスオーバーした世界を、同じ空間で創設するために、朗読や音楽とのコラボを試みた。それはひとつの広がりを見せて、私なりには、満足のゆくものであった。

三菱を定年退職後は、亡き姉田中佐知の詩集・随筆集・遺稿集・絵本詩集・全集の刊行に力を注いだ。また母田中志津との共著や母の全集にも尽力した。母は当時、九〇代だったが、今、書けるうちに書いておこうと精力的に作品に取り組んでいた。若いころから発表していた随筆を一冊の随筆集『年輪』にまとめた。記念すべき全集の刊行にも踏み切った。全集の詳細な略歴は私が編纂した。昨年、一〇〇歳記念として、私との共著を二冊刊行した。『歩きだす言の葉たち』と『愛と鼓動』である。このように母、姉の作品を優先的に刊行してきた。それは、とりもなおさず時間との闘いを意識していたからだ。勿論、母が高齢であること。また、姉の残された作品を発表することが、私の残された者の使命でもあった。

母娘の作品を出し切ることによって、遅まきながらも、漸く自分自身の作品だけに取り組める時が来たのだ。来年に向けては、今から腰を据えて、創作活動に専念する。納得のゆく作品を書き上げたい。私も母と同様に、日本文藝家協会の会員となり、また日本ペンクラブの会員にもなっている。

自分の代表作を早く確立して、更なる躍進を切に望みたい。

平成三〇年四月二五日

# あとがき

令和に入り四冊目の本が、小著『風に吹かれて』㈱牧歌舎である。累計一五冊を数える。三〇年勤務した、三菱マテリアル㈱を定年退職して、五年目ごろから、本格的に自分の作品に取り組めるようになった。遅咲きの文学への道である。というのは、詩人・エッセイストの亡き姉・田中佐知（保子）が、五九歳一〇か月で永眠した。姉の残された原稿を本として刊行（累計一六冊）することが、優先したからである。姉の詩集を思潮社から全集『田中佐知全作品集』として刊行された。その他、遺稿集・エッセイ集・文庫・絵本詩集・写真随筆詩集・追悼展・朗読会など多岐な分野に亘り出版及び活動してきた。令和三年にも姉の足跡を残した本を刊行する予定である。『愛の讃歌』（仮題）思潮社。姉に対する、恩返しができたものと自負する。又、今年で百三歳を迎えた、作家・歌人でもある母・田中志津（要介護5）の作品も同時に刊行してきた。全集はじめ、随筆集・歌集など数多くの作品を世に送り出すことが出来た。母・姉の本が一段落したところで、私の作品に取り組んだ。母・姉との共著も数多くある。これからは、書きたいものを吟味して、ハードルは高いが、より質の高い作品を目指して、創作活動に鋭意努力して行く所存である。

『風に吹かれて』は、随筆・短編小説・詩などを纏めたバラエティーに富んだ作品である。作風は異なるが、興味を抱いて読んで頂ければ、大変嬉しく存じます。

二つの大震災は、私の人生の中で、決して忘却できない大災害であった。ここに平成の記憶と共に残しておくことにした。また、東日本大震災後、高齢の母と、いわき市から東京への避難生活を五年間余儀なくされた。平成二九年三月八日に、住み慣れた東京の中野区から、いわき市へ帰郷した。いわき市の風景は、震災の深い爪痕を残してはいるが、復興もゆっくりと回復してきている。大自然の懐の深さであろうか、故郷の山河や大海原も私たちを優しく迎え入れてくれる。

いわきへ戻ってから、自分自身の中で、やらなければならないことがあった。それは、平成二九年一一月、いわき市勿来関文学歴史館の市民ギャラリーに於ける、「田中佑季明を取り巻く世界展」の開催であった。油絵・水彩・書・版画・写真・コレクション・家族の著書など八二点程の作品を展示した。新聞社からも取材を受け、好評だった。

母の介護生活は、老々介護で年々歳々大変さが付きまとうが、百三歳の現在まで元気でいてくれる母に感謝している。

姉は、没後十六年の歳月が経つが、今も尚、その作品は色あせることなく、今を生きている。混声合唱組曲「鼓動」が森山至貴先生により、四曲作曲された。音楽之友社などからも楽譜とCDが発売された。各地で、混声合唱団により、高らかに歌い上げられている。

母と津田塾大ホールなどの会場を訪れ、混声合唱組曲を鑑賞した。身に余る光栄と感謝申し上げる。

その他、姉の詩は、石河清『砂の記憶』・荒川誠『孤独Ⅰ・Ⅱ』。斉藤まりの『痛み』等、各氏により作曲された。

刊行に当たりましては、㈱牧歌舎の竹林哲巳社長並びに課長清井悠祐氏のお世話になったことを、紙上をお借りして厚く御礼申し上げます。

令和二年一〇月吉日

日本文藝家協会会員

日本ペンクラブ会員

日本現代詩人会会員
日本詩人クラブ会員
作家・詩人　田中　佑季明

尚、この作品は、三年前完成していたものである。諸事情があり、刊行されなかった。ここに改めて、修正加筆して刊行される慶びを深く受け止めている。大変感謝申し上げたい。

田中佑季明の世界　**風に吹かれて**

2021年3月25日　初版第1刷発行

著　者　田中佑季明

発行所　株式会社 牧歌舎 東京本部
〒101-0064　東京都千代田区神田猿楽町 2-5-8 サブビル 2F
TEL 03-6423-2271　FAX 03-6423-2272
http://bokkasha.com　代表：竹林哲己

発売元　株式会社 星雲社（共同出版社・流通責任出版社）
〒112-0005　東京都文京区水道 1-3-30
TEL 03-3868-3275　FAX 03-3868-6588

印刷・製本　小宮山印刷工業株式会社

ISBN978-4-434-28431-1　　C0093